술
이
싫
다

일러두기

1. 고유명사에 해당하는 지명과 인명은 일본어 원음대로 표기했다.
2. 지금은 차별적 용어로 사용을 지양하는 표현이 포함되어 있으나, 이는 시대적 상황 등을 고려하여 원작의 표현을 그대로 사용하였다.
3. 일본에서는 사케의 용량을 일반적으로 홉, 되, 말로 표기하는데, 1홉은 약 180mL, 1되는 약 1.8L, 1말은 약 18L이다.

술이 싫다

다자이 오사무
사카구치 안고
마사오카 시키
아쿠타가와 류노스케
하기와라 사쿠타로
나카하라 주야
도요시마 요시오
사사키 구니
유메노 규사쿠
미즈모리 가메노스케
스스키다 규킨

김민화, 박승하 편역

술의 이름을 성인이라고 지은

옛 대성인의 말은 얼마나 적절한가

ー만요슈(万葉集)

모든 술꾼들이 원하는 바는,

술에 취해 한 행동들을 다음날 아침이 와도

기억하지 않고, 잊고 싶다는 것이다.

— 하기와라 사쿠타로

술은 인류에게 하나의 진리다. 동서고금을 막론하고 술은 신성한 것으로 귀하게 여겨져 왔다. 그리고 술을 즐기고 삶을 구가하는 사람이 있는 반면, 술로 인해 모든 것을 잃어버린 사람도 있다. 이 또한 어디서든 볼 수 있는 보편적 진리라 할 수 있다. 한국과 일본에도 예로부터 술이 존재해 왔고, 술과 관련된 수없이 많은 인생 스토리가 연출되어 왔다.

19세기 후반부터 20세기 전반(메이지에서 다이쇼를 거쳐 쇼와에 이르는 기간)은 일본의 근대문학이 절정에 이른 시기이다. 이 시기에 활약했던 작가들 중에는 술과 관련된 작품을 다수 남기기도 했다. 소설, 수필, 시의 형식을 빌려 술에 얽힌 실패담, 유쾌한 술이야기를 다양하게 풀어냈다. 술에 관한 이

> *"술은
> 신과 함께
> 태초부터 존재해 온
> 자연이 부여한 음료다."*

야기는 독자들의 실제 경험과 겹치면서 많은 공감을 자아낸다. 역시 그들은 문호였다. 이들은 작품 속에서 보통 사람과는 다른 예리한 관찰력과 정교한 표현력으로 술에 관한 진리를 잘 포착하고 있다.

본서에서는 일본의 문학사에 큰 발자취를 남긴 11명 작가들의 작품 18편을 엄선하여 실었다. 이 작품들을 통해 작가들이 훌륭하게 풀어낸 술과 삶에 관한 이야기와 그 진리를 독자들도 함께 만나볼 수 있기를 바란다.

목 차

|||||||||||||||||||||||||||||||||||||||||||||||||||||||||||||||||||||||||||||||||||||||||||

|술과 작가|

프롤로그 ● 10

1. 술이 싫다 / 다자이 오사무 ● 15

2. 술 벌레 / 아쿠타가와 류노스케 ● 29

3. 술에 대하여 / 하기와라 사쿠타로 ● 49

4. 술 / 마사오카 시키 ● 63

5. 맥주회사 정벌 / 유메노 규사쿠 ● 67

6. 술집의 성인 / 사카구치 안고 ● 77

7. 술에 따라오는 것들 / 사카구치 안고 ● 85

8. 밤 하늘과 술집 / 나카하라 주야 ● 99

9. 술은 누구든 취하게 만든다 / 나카하라 주야 ● 101

10. 일 년의 계획 / 사사키 구니 ● 105

11. 논센스 / 유메노 규사쿠 ● 129

12. 술 / 스스키다 규킨 ● 137

13. 금주의 마음 / 다자이 오사무 ● 141

14. 술이 생각 날 무렵
                    / 미즈모리 가메노스케 ● 151

15. 니가타의 사케 / 사카구치 안고 ● 159

16. 음주가 / 스스키다 규킨 ● 167

17. 술의 추억 / 다자이 오사무 ● 171

18. 다자이 오사무와 보낸 하루
                    / 도요시마 요시오 ● 191

사케, 미니 지식

① 사케의 기원, 한반도에서 유래? ● 46

② 사케의 암흑시대와 〈나츠코의 사케〉 ● 96

③ 특색있는 양조가들 ● 156

④ 일본 사케의 대표 생산지 ● 164

⑤ 히야자케冷酒? 아츠캉熱燗? ● 202

⑥ 여자와 사케 ● 204

다자이 오사무

（太宰治 1909~1948）

근현대 일본 문학을 대표하는 작가.
아오모리현의 부자집에서 태어나 10대 때부터 글을 쓰기 시작했다. 특히 아쿠타가와 류노스케에게 큰 영향을 받았고, 이부세 마스지에게 사사를 받았다. 젊었을 때부터 불륜과 자살시도를 거듭하다 1948년 정부와의 동반자살로 생을 마감했다.
한 남자의 삶의 고뇌를 그린 자전적 소설 『인간실격』으로 이름을 알렸고, 우정과 청춘을 주제로 한 작품도 썼다. 특히, 이 책에 수록된 수필에서는 사람을 좋아하는 다자이의 일면을 엿볼 수 있다. 그 밖의 대표작으로는 『달려라 메로스』『쓰가루』『사양』 등이 있다.

술이 싫다

이틀 연속 술을 마셨다. 그제 밤과 어제, 이틀 연속으로 술을 마셨고, 오늘 아침은 일을 해야 해서 일찍 일어나, 부엌으로 세수하러 갔는데, 언뜻 보니 됫 병 술 네 병이 비어 있었다. 이틀 동안 네 되를 마신 것이다. 물론 나 혼자서 네 되를 다 마신 것은 아니다.

엊그제 밤에는 특별한 손님 셋이 미타카三鷹에 있는 누추한 우리 집으로 오기로 되어 있어서, 나는 이삼일 전부터 안절부절 못했다. 한 명은 W군이라고 하는 처음 만나는 사람이다. 아니아니, 초면은 아니다.

서로 열 살 때쯤 얼굴을 한번 마주쳤는데, 이야기를 나눈 적도 없이 그 후로 20년 동안 떨어져 있었다. 한 달 전부터, 우리 집으로 가끔씩 〈일간공업신문〉이라고 하는 나와는 인연이 없어 보이는 신문이 배달되어, 나는 잠시 들쳐 봤지만, 읽을 만한 내용이 전혀 없었다. 어째서 나에게 보냈는지 그 이유를 알 수 없었다. 비열한 나는, 신문을 강매하는 것이 아닌지 의심했다. 집사람에게도 말해서, 좌우간 이것은 수상하니 전부 띠종이도 뜯지 말고 그대로 보관해 놓고, 나중에 대금을 청구해 오면, 한꺼번에 돌려보내라고 당부해 두었다.

얼마 후부터 신문 띠종이에 보내는 이의 이름이 적혀서 배달되었다. W였다. 내가 모르는 이름이었다. 나는 몇 번이나 갸웃거리며 생각해 보려 했지만, 기억나지 않았다. 그 다음에는 띠종이에 '가나기초金木町의 W'라고 쓰여 배달되었다. 가나기초는 내가 태어난 마을이다. 쓰가루 평야 한가운데 있는 작은 마을이다. 같은 마을에서 태어났다고 해서, 자기 회사의 신문을 보냈다는 것은 알게 되었지만, 역시 어떤 사람인지는 생각나지 않았다. 어쨌든 호의로 보낸 것은 알았으니, 나는 곧장 감사 엽서를 보냈다.

"나는 10년이나 고향에 가지 않고 있으며, 그리고 지금은 가족들과 소식을 끊고 지내고 있어서, 가나기초의 W를 기억해 낼 수가 없어서 유감스럽게 생각하고 있습니다. 당신은 누구신가요? 이쪽에 오실 일이 있으시면, 누추하지만 저희 집에 들러주세요."라는 내용의 격식 차린 편지를 썼다. 상대의 나이도 모르고, 어쩌면 고향의 대선배일지도 모르니, 실례가 되지 않도록 단어 선택에도 충분히 주의를 기울였다.

곧 긴 답장이 왔다. 그래서 알았다. 뒷집 등기소의 아들이었다. 정확하게 말하면, 아오모리현 구재판소 가나기초등기소 소장의 장남이다. 어렸을 때는 무엇인지도 잘 모르면서, 그저 등기소, 등기소라고 불렀다. 우리 집 바로 뒤로, W군은 나보다 한 학년 상급생이라서 직접 이야기를 나눈 적은 없었지만, 단 한 번 그 등기소의 창문으로 살짝 내민 얼굴을 언뜻 보았고, 그 얼굴만이 20년이 지난 지금도, 빛바래지 않은 채 선명하게 남아 있어서, 매우 신기한 기분이 들었다.

W라는 이름을 몰랐으니, 그에게 아무런 감정도 없었으며, 나는 고등학교 때 친구들의 얼굴조차 종종 잊어버릴 정

도로 건망증이 있는데, 그 창문에서 살짝 내민 W군의 둥근 얼굴만은, 깜깜한 무대에서 스포트라이트 조명을 비춘 듯이 또렷하게 기억나는 것이었다.

W군도 내성적인 사람이라서, 나처럼 밖에 나가 노는 일이 별로 없었던 것은 아닐까. 그때 단 한 번, 나는 W군을 우연히 보았고, 그 모습이 20년이 지난 지금까지도 마치 천연색 사진을 찍어 둔 것처럼, 선명하게 기억 속에 남아있는 것이다. 나는 그 얼굴을 엽서에 그려 보았다. 기억 속 남은 모습대로 그릴 수 있어서 기뻤다. 분명 주근깨가 있었다. 그 주근깨도 군데군데 그렸다. 귀여운 얼굴이다. 나는 그 엽서를 W군에게 보냈다. 만약, 착각했다면 미안합니다,라고 무례를 사과하면서도, 역시 그 그림을 보여주지 않을 수 없었다.

그리고 "11월 2일 저녁, 6시경, 같은 아오모리현 출신의 옛 친구 두 명이 저희 집으로 올 예정이니, 부디 그날 밤에 들러 주세요. 부탁드립니다."라고 덧붙였다. Y군과 A군 둘이 함께, 그날 저녁, 나의 지저분한 집으로 놀러 오기로 했다.

Y군과는 10년 만에 만나는 것이었다. Y군은 멋진 사람이

다. 나의 중학교 선배다. 원래 정이 많은 사람이었다. 5, 6년 동안 사라졌다. 큰 시련을 겪었다. 그 사이 독방에서 매우 멋진 수행을 했을 것이다. 지금은 한 서점의 편집부에서 근무하고 있다.

A군은 나와 중학교 동창이다. 화가다. 어느 연회에서 무려 10년 만에 우연히 마주치게 되었고, 나는 몹시 흥분했다. 내가 중학교 3학년 때, 한 악질 교사가 학생을 벌하면서 득의양양한 얼굴을 하자, 나는 그 교사를 향해 경멸을 담은 큰 박수를 보냈다. 참을 수가 없었다. 이번에는 내가 실컷 맞았다. 그때 내 편이 되어준 사람이 A군이었다. A군은 곧장 동지를 규합해, 집단행동을 계획했다. 학교 전체에 큰 소동이 일었다. 나는 공포를 느끼며, 부들부들 떨고 있었다. 집단행동이 성사되려고 했을 때, 그 교사가 우리 교실에 몰래 찾아와 말을 더듬거리며 사과하고 용서를 빌었다. 집단행동은 중단됐다. A군과는 그런 그리운 추억을 공유하고 있다.

Y군과 A군이 함께 우리 집에 놀러와 주는 것만으로도 나에게는 큰 감동인데, 거기에 W군과 20년 만에 만날 수 있게 되었으니, 나는 3일 전부터 안절부절못하며, '기다린다'는 것

은 너무나도 괴로운 일임을 새삼 절감했다.

밖에서 받아 온 술이 두 되 있었다. 나는 평소 집에 술을 사 두는 것을 싫어한다. 누렇고 희뿌연 액체가 가득 담겨 있는 병은, 참으로 불결하고 비열한 느낌마저 들고, 민망하고 눈에 거슬려 참을 수가 없다. 부엌 한구석에 술이 있는 것만으로도, 이 좁은 집 전체가 걸쭉하게 탁해지고, 시큼한 이상한 냄새마저 나는 것 같아 왠지 꺼림칙하다. 집 안 서북쪽 구석에, 이상하게 추악하고 기괴한, 부정한 것이 똬리를 틀고 숨어 있는 것 같아서, 책상에 앉아 일을 하면서도 왠지 온전히 마음을 가다듬을 수 없을 것 같은 불안하고 찜찜한 마음이 들어 견딜 수가 없다. 도저히 진정할 수가 없다.

저녁에 혼자서 책상에 턱을 괴고 여러 가지를 생각하면, 괴롭고 불안해져서 술이라도 마시고 기분 전환을 하고 싶어질 때가 왕왕 있는데, 그때는 밖으로 나가 미타카역 근처에 있는 초밥집으로 가서 급하게 술을 마신다. 그럴 때는 집에 술이 있으면 편할 것 같다고 생각하지 않은 것은 아니지만, 아무래도 집에 술을 두면, 신경이 쓰여 별로 마시고 싶지도 않은데, 그저 부엌에서 술을 추방해 버리고 싶은 마음에,

벌컥벌컥 다 마셔 없애버릴 뿐, 평소 소량의 술을 집에 두고, 기회를 봐가며, 조금씩 마시는 점잖은 재주는 없어서, 자연히 All or Nothing 식으로, 평소 집 안에 술을 한 방울도 두지 않고, 마시고 싶을 때는 밖으로 나가서 실컷 마시는 습관이 들어버렸다.

친구가 와도 대체로 밖으로 불러내서 술을 마시도록 하고 있다. 집사람이 듣지 않았으면 하는 이야기들도 어쩌다 나올 수도 있고, 게다가 술은 물론, 안주도 준비해 둔 것이 없기 때문에, 그만 귀찮아서 밖으로 나가버리는 것이다. 많이 친한 사람이라면, 그리고 찾아오는 날을 미리 알 수 있다면, 제대로 준비를 해 놓고, 밤을 새워 편하게 술을 마시지만, 그렇게 친한 사람은, 나에게, 손에 꼽을 정도밖에 없다. 그렇게 친한 사람이라면, 아무리 변변찮은 안주라도 부끄럽지 않고, 집사람이 듣지 않았으면 하는 이야기도 나올 리가 없기 때문에, 나는 마구 으스대며 정말로, 즐겁게 그야말로 진탕 마실 수 있지만, 그런 좋은 기회는 두 달에 한 번 정도이고, 대게는 갑작스럽게 손님이 찾아와 허겁지겁 밖으로 나가게 된다.

뭐니 뭐니 해도 정말로 친한 사람과 집에서 편하게 술을 마시는 것보다 더한 즐거움은 없다. 마침 술이 있을 때, 불쑥 친한 사람이 찾아와 준다면, 정말로 기쁠 것이다. '뜻을 같이 하는 벗이, 먼 곳에서 찾아온다'라는 문구가 저절로 가슴을 벅차게 한다. 하지만 언제 올지, 알 수 없다. 항상 술을 준비 해 놓고 기다리고 있기에는 내가 너무 괴롭다. 평소에는 한 방울도, 술을 집 안에 두고 싶지 않기 때문에, 그 점이 좀처 럼 생각처럼 되지 않는다.

친구가 왔다고 해서, 꼭 술을 마시지 않아도, 괜찮을 것 같 지만, 아무래도 어렵다. 나는 약한 남자라서, 술도 마시지 않 고, 진지하게 대화를 나누다 보면, 30분도 안 돼서 지쳐버리 고, 비굴하게 주뼛주뼛 해져서, 견딜 수가 없다. 자유롭게 의 견을 개진하는 것이 전혀 불가능하다. '에에'라거나 '하아'라 거나, 건성으로 대답하면서, 전혀 다른 것을 생각하고 있다. 속으로 끊임없이 어리석고 빙빙 도는 자문자답을 반복할 뿐, 나는 정말 머저리 같다. 아무 말도 할 수 없다. 쓸데없이 피 곤해진다. 도저히 견딜 수 없다. 술을 마시면 기분을 숨길 수 가 있으니, 헛소리를 해도 속으로 반성을 하지 않아도 되니 정말로 편하다. 대신, 술이 깨면, 후회가 밀려온다. 땅을 구르며, '아악'하며 소리를 지르고 싶어진다. 가슴이 철렁거리고, 마음이 초조하고 불안해 어찌할 바를 모른다. 뭐라 말할 수 없이 우울해진다. 죽고 싶어진다. 술을 알게 된 지 벌써 10년이나 되었지만, 전혀 그 기분에 익숙해지지 않는다. 태연히 있을 수가 없다. 부끄러움과 후회를, 말 그대로 전전한다. 그러면 술을 끊으면 될 텐데, 역시 친구를 만나면, 이상하게 흥분돼서, 두려움 같은 떨림을 느끼며, 술이라도 마시지 않으면 진정되지 않는다. 성가신 일이다.

그제 저녁, 참으로 귀한 손님 세 명이 놀러 오기로 되어 있어서, 나는 그 삼일 전부터 들떠 있었다. 부엌에 술이 두 되 있었다. 이것은 밖에서 받아 온 것으로, 나는 그것을 어떻게 처리할까 고민하고 있던 차에, Y군으로부터 11월 2일 저녁에 A군과 둘이서 놀러 가겠다는 엽서를 받았고, 좋아, 이 기회에 W군도 오라고 해서, 넷이서 이 술을 처리해버리자, 아무래도 집 안에 술이 있으면 눈에 거슬리고, 불결하고, 심란해서 견딜 수가 없다. 네 명이서 두 되로는, 부족할지도 모르겠다. 이야기가 한창 무르익어 가는 그때, 집사람이 얼빠진 얼굴로, 이제 술이 다 떨어졌다고 말하면, 듣는 입장에서는 완전히 흥이 깨지니, 술집에 가서 한 되 더 갖다 달라고 해,라며 나는 그럴싸한 얼굴로 집사람을 시켰다. 술은 세 되가 있다. 부엌에 세 병, 병이 나란히 서있다. 그것을 보고 있으니, 도저히 가만히 있을 수가 없다. 큰 죄라도 저지를 것처럼, 마음속에서 불안과 긴장이 극에 달했다. 분수를 모르는 사치처럼 느껴져, 죄의식이 몸을 바싹 조여와서, 나는 그제 아침부터 이유 없이 마당을 빙글빙글 돌거나, 아니면 좁은 방 안을 터벅터벅 걸어 다니다, 5분 간격으로 시계를 보면서, 오로지 날이 지는 것을 기다리고 있었다.

6시 반에 W군이 왔다. 그 그림, 놀랐습니다. 감동했어요. 주근깨를 잘도 기억하고 계셨더군요. 친근함을 표하기 위해 일부러 쓰가루 사투리를 쓰며 W군은, 웃으면서 말했다. 나는 오랜만에 쓰가루 사투리를 듣자 기분이 좋아져 나도 열심히 노력해 쓰가루 말을 연발하며, 마시자고, 오늘 밤은 죽을 만큼 마시자고,라는 식으로, 한 시라도 빨리 취하고 싶어서, 연거푸 마셨다.

7시 조금 넘어서, Y군과 A군이 함께 왔다. 나는 그저 마셨다. 감격을, 어떻게 전해야 할지 몰라서, 그저 마셨다. 죽을 만큼 마셨다. 12시에 모두 돌아갔다. 나는 그대로 쓰러져 자 버렸다.

어제 아침, 잠에서 깨자마자 집사람에게 물었다.

"무슨, 실수는 없었나? 실수를 하지 않았어? 이상한 소리를 하지 않았을까?"

실수는 없었던 것 같아요,라는 집사람의 답을 듣고, 다행이다,라며 가슴을 쓸어내렸다. 그래도, 왠지, 다들 저렇게 좋은 사람들인데, 모처럼 이런 시골까지 와 주었는데, 나는 아무런 대접도 하지도 못하고, 다들 아쉬움과 환멸을 느끼며 돌아간 것은 아닐까 하는, 걱정이 고개를 들더니 순식간에 그 걱정이 소나기구름처럼 전신에 번져서, 이번에도 이불 속에서 안절부절못하며 뒤척이기 시작했다. 그런데 W군이 우리 집 현관에 술을 한 되 몰래 두고 간 것을, 그날 아침에서야 발견하고, W군의 호의가 견딜 수 없이 사무쳐서, 집 주변을 맨발로 달려 다니고 싶을 정도로 고통스러웠다.

그때 야마나시현 요시다쵸의 N군이 찾아왔다. N군과는 작년 가을, 내가 미사카토게에 출장을 갔을 때 친구가 된 사이다. 이번에 도쿄에 있는 조선소에서 일하게 되었다고, 환하게 웃으며 말했다.

나는 N군을 놓아 주지 않겠다고 마음먹었다. 부엌에 아직 술이 남아있을 것이다. 게다가 어젯밤 W군이 가져온 술이 한 되 더 있다. 정리해 버려야겠다고 생각했다. 오늘, 부엌에 있는 부정한 것을, 깨끗이 청소하고 그리고 내일부터 결백한 정진을 시작하겠다고, 속으로 계획하고, N군에게도 억지로 술을 권하고, 나도 많이 마셨다.

그때 갑자기 Y군이 부인과 함께, 어제 일로 감사 인사를 하러 잠깐 들렀다며, 거북살스러운 인사를 하러 왔다. 현관에서 돌아가려고 하는 것을, 나는 Y군의 손목을 꽉 잡고 놓지 않았다. 잠깐이면 되니까, 아무튼 잠깐이면 되니까, 부인도 들어오세요,라며 거의 강제적으로 집 안으로 들어오게 해서, 이런저런 이유를 대며, 결국 Y군도 술자리에 합류시키는 데 성공했다.

Y군은 그날은 휴일이라 일을 하지 않으니 친척 두 세분에

게 안부 인사를 하러 돌아다니고 있는데, 아직 한 곳을 더 가
야 해서,라며 여차하면 도망가려는 것을, 아니, 한 곳은 남겨
두는 것이 인생의 맛이지, 완벽을 추구하려 해서는 안 된다
는 억지 논리를 내세워, 결국 네 되 있는 술을 한 방울도 남
기지 않고 정리하는데 성공했다.

아쿠타가와 류노스케

(芥川龍之介 1892~1927)

도쿄 출생. 도쿄제국대학 재학 중에 잡지 <신사조> (4차)를 창간. 이 잡지에 게재한 「코」가 나츠메 소세키에게 높은 평가를 받았고, 이후 작가의 길을 선택했다.

이 책에 수록된 「술 벌레」와 같이 고전을 소재로 한 단편소설을 주로 썼다. 대표작으로는 「라쇼몽」 「거미줄」 등이 있다. 35세에 자살로 생을 마감했다. 그의 이름을 딴 '아쿠타가와상'은 일본에서 가장 권위있는 문학상이다.

아쿠타가와는 술을 마시지 못했다고 한다.

술 벌레

1.

전례 없는 더위다. 흙으로 지은 집들의 기와가 납처럼 희미하게 햇빛을 사방으로 반사시켜, 이런 더위라면 그 밑에 있는 제비 집마저, 그 안에 있는 새끼나 알까지 쪄 죽이는 것이 아닌가 싶다. 더구나 밭이라는 밭은 땅에서 뿜어져 나오는 열기에 삼이든 수수든 파란 채로 전부 머리를 푹 숙이고, 시들지 않은 것이 없다. 밭 위로 보이는 하늘도 더위에 시달린 탓인지 지면에 가까운 공기는 맑으면서도 탁했으며, 곳곳

에 뚝배기에 볶은 쌀 과자 모양의 뭉게구름이 알알이 떠 있
다. '술 벌레'의 이야기는 이 더위 속에서 일부러 땡볕의 보
리 타작장에 나온 세 명의 남자로부터 시작된다.

***

이상하게도 그중 한 명은 알몸으로 땅바닥에 드러누워 있
다. 심지어 무슨 이유에서인지 노끈으로 손과 발이 칭칭 묶
여 있다. 하지만 정작 본인은 그렇게 고통스러워하지 않는
다. 키가 작고 혈색 좋고, 어딘가 모르게 둔중한 느낌의 돼지
처럼 살이 찐 남자였다. 그리고 옹기병 하나가 이 남자의 머
리맡에 놓여 있었는데, 그 안에 무엇이 들어 있는지는 알 수
없다.

다른 남자 한 명은 황색 승복을 입고 작은 청동 귀걸이를
한, 얼핏 보면 기이한 모습을 한 스님이다. 피부 색이 유별나
게 까만 데다가 머리카락과 수염이 꼬불꼬불한 것을 보면,
아무래도 파미르고원 서쪽에서 온 사람 같다. 이 사람은 아

까부터 주홍 불자를 흔들어 알몸으로 누워 있는 남자에게 다가오는 등에나 파리를 쫓고 있었는데, 점점 지쳐가는지 지금은 옹기병 옆으로 와서 칠면조 같은 모습으로 과장되게 웅크리고 앉아 있다.

나머지 한 명은 두 남자와 멀리 떨어져서 타작장 구석에 있는 초가집 처마 밑에 서 있다. 이 남자는 턱 끝에 쥐 꼬리 같은 수염을 살짝 길렀고, 발꿈치를 가릴 정도로 긴 검은 삼베옷에 매듭을 느슨하게 늘어뜨린 갈색 띠를 매달고 있었다. 하얀 새의 깃털로 만든 부채를 소중히 다루면서 이따금씩 부치는 모습을 보니 아마도 유학자임이 분명하다.

이 셋은 모두 약속이라도 한 듯이 입을 다물고 있었다. 게다가 움직이지도 않고, 무언가 앞으로 일어날 일을 크게 기대하며, 숨을 죽이고 있는 것 같았다.

시간은 정오 정각이었다. 개도 낮잠을 자는지 짖는 소리도 나지 않는다. 타작장을 둘러싼 삼이나 수수도 파란 잎을 반짝이며 쥐 죽은 듯이 고요하다. 그 끝에 보이는 하늘도 한쪽에 무더운 여름 기운을 띄고, 뭉게구름조차도 이 가뭄에 한숨을 쉬는 것이 아닌지 의심스럽다. 주위를 둘러보면 숨을 쉬고 있는 것은 이 세 남자뿐이다. 그리고 이 세 명은 관우의 묘에 안치된 조각상처럼 침묵을 지키고 있다.

— 물론, 일본 이야기가 아니다. 중국 장산長山이라는 곳에 있는 류劉의 보리 타작장에서 어느 여름날에 일어난 일이다.

2.

알몸으로 뙤약볕 아래 누워 있는 사람은 이 타작장의 주인으로 성은 류, 이름은 대성大成이라고 하는 장산에서 내로라하는 부자다. 이 남자의 도락은 술을 마시는 것으로 아침부터 술잔에서 손을 뗀 적이 없다. 심지어 술을 마실 때마다 혼자서 항아리 하나를 다 마신다고 하니, 주량이 남다르다. 하긴 앞에서 말했듯이 '성하에 가진 논 300묘, 절반은 수수를 심는다'고 하니, 술 때문에 재산이 거덜 날 걱정은 전혀 없다.

그런데 어째서 알몸으로 뙤약볕 아래에 누워 있는가 하

면, 거기에는 이러한 사연이 있었다.

그날 류가 술친구인 손 선생과 함께(이 사람이 흰 부채를 들고 있던 유학자다) 바람이 잘 통하는 방에서 죽부인에 기대어 바둑을 두고 있는데, 여자 하인이 와서 말했다.

"지금 보당사라는 절의 스님이 오셔서 주인님을 꼭 뵙고 싶다고 하는데, 어찌할까요?"

"뭐? 보당사?"

류는 눈이 부시다는 듯이 작은 눈을 깜빡거리다가 더워 보이는 살찐 몸을 일으키며 말했다.

"그러면 여기로 모셔라."

그리고 손 선생의 얼굴을 살짝 쳐다보면서 덧붙였다.

"아마, 그 스님이겠지요?"

보당사에 있는 스님이라고 하면, 서쪽에서 온 외국인 스님이다. 의술에다가 방중술까지 한다고 하니 이 주변에서는 평가가 높다. 예를 들어, 사람들의 흑내장이 바로 나았다거나, 오랫동안 앓던 병이 바로 나았다는 따위의 거의 기적에 가까운 소문이 널리 퍼진 것이다.

이 소문은 두 사람도 들어서 알고 있었다. 그 외국 스님이 지금 무슨 일로 류가 있는 곳까지 일부러 찾아온 것일까. 물론, 류가 사람을 보내거나 한 적은 전혀 없었다.

말이 나온 김에 말을 하면, 류는 손님을 환영하는 남자가 아니다. 하지만 다른 손님이 와 있을 때 새로운 손님이 오면 대체로 기꺼이 맞이한다. 손님 앞에서 다른 손님을 자랑하는 아이 같은 허영심때문이다. 게다가 오늘 온 외국인 스님은 요즘 어디에서든 좋은 이야기를 듣고 있다. 결코 만나서 부끄러운 손님은 아니었다. 류가 만나겠다고 한 것은 이런 이유였다.

"무슨 일일까요?"

"구걸을 하려는 것이 아닐까요? 시주라도 해 달라는 것이겠지요."

둘이서 이런 이야기를 나누고 있는 사이에 하녀의 안내를 받으며 들어오는 사람을 보니, 키가 크고 보라색 보석 같은 눈을 가진 괴상한 모습을 한 스님이다. 황색 승복을 입고 흐트러진 긴 곱슬머리를 어깨까지 늘어뜨리고 있다. 그는 주홍 불자를 든 채, 느릿느릿 방 가운데로 들어왔다. 인사도 없고, 아무 말도 하지 않았다.

류는 잠시 망설였지만, 점점 불안해져서 먼저 말을 꺼냈다.

"무슨 일이신가요?"

그러자 스님이 말했다.

"당신이군요? 술을 좋아한다는 사람이."

"그렇……소."

류는 갑작스런 질문에 애매한 답을 하면서, 도와 달라는 듯이 손 선생 쪽을 바라보았다. 손 선생은 가만히 혼자서 바둑을 두고 있었다. 전혀 관여할 마음이 없어 보였다.

"당신은 희귀한 병에 걸렸습니다. 알고 계시나요?"

스님은 따지듯이 물었다. 류는 병이라는 말에 의아하다는 얼굴로 죽부인을 만지면서,

"병……말인가요?"

"그렇습니다."

"아니, 어릴 때부터……"

류가 무언가 말을 하려고 하자, 스님은 말을 끊고는,

"술을 마셔도 취하지 않으시죠?"

"……"

류는 스님 얼굴을 힐끗힐끗 보면서 입을 다물었다. 사실, 이 남자는 술을 아무리 마셔도 취한 적이 없었던 것이다.

"그것이 병의 증거입니다."

스님은 엷은 미소를 띠며 말을 이어갔다.

"뱃속에 술 벌레가 들어 있습니다. 그 벌레를 없애지 않는 한 병은 낫지 않습니다. 소인은 당신의 병을 고치러 왔습니다."

"나을까요?"

류는 무심결에 자신 없는 소리를 해버렸다. 그리고 그런 자신을 부끄러워했다.

"고칠 수 있으니, 제가 왔습니다."

그러자 지금까지 잠자코 대화를 듣고 있던 손 선생이 갑자기 끼어들었다.

"무슨 약이라도 있나요?"

"아뇨, 약 따위는 필요 없습니다."

스님은 무뚝뚝하게 대답했다.

손 선생은 원래 도교와 불교, 두 종교를 아무런 이유 없이 경멸했다. 그래서 도사나 승려와 동석하더라도 대화를 나눈 적은 거의 없었다. 그런데 지금 갑자기 대화에 끼어들 마음 이 생긴 것은 술 벌레라는 말에 관심이 생겼기 때문이다. 술 을 좋아하는 선생은 이 이야기를 듣고 자신의 배 속에도 술 벌레가 있지 않을까 하고 조금 걱정을 했다. 하지만 외국인 스님의 시원찮은 답을 듣자 갑자기 무시당한 기분이 들어, 선생은 얼굴을 살짝 찡그리고는 다시 하던 대로 묵묵히 바둑 을 두기 시작했다. 그러면서 내심 이런 거만한 스님을 만나 는 류를 어리석다고 생각했다. 류는 물론 개의치 않았다.

"그러면 침이라도 쓰시나요?"

"아니요, 더 간단한 것입니다."

"그러면 주술인가요?"

"아니요, 주술도 아닙니다."

이런 대화를 반복한 끝에 외국인 스님은 간단히 치료법을 설명했다. 그의 말에 따르면, 그저 알몸이 되어 양지에 가만히 있기만 하면 된다는 것이었다. 류는 매우 간단한 방법이라고 생각했다. 그 정도로 치료가 된다면 치료를 받아 보는 것이 낫겠다고 생각했다. 게다가 의식하고 있었던 것은 아니지만, 외국인 스님의 치료를 받는다는 것에도 조금은 호기심이 일었다. 결국 류도 먼저 고개를 숙이며, 부탁했다.

"그럼 부디 치료해 주십시오."

류가 알몸으로 뙤약볕 타작장에 누워 있었던 것은 이러한 이유가 있었다.

외국인 스님이 움직이면 안 된다고 하면서, 류의 몸을 새끼줄로 칭칭 감았다. 그리고 동복에게 술을 담은 옹기병 하나를 류의 머리맡에 두도록 했다. 마침 동석하고 있었던 류의 술친구인 손 선생이 이 이상한 치료에 함께 하게 된 것은 말할 것도 없었다.

술 벌레라는 것이 무엇인지, 그것이 배 속에서 사라지면 어떻게 되는지, 머리맡에 있는 술병은 무엇에 쓰는 것인지 아는 사람은 외국인 스님 외에는 아무도 없었다. 이렇게 보면, 아무것도 모른 채 뙤약볕 아래에 알몸으로 나와 있는 류가 세상 물정을 모르는 것처럼 보이지만, 보통 사람들이 학교에서 교육을 받는 것도 실은 이와 비슷한 것을 하고 있는 것이다.

3.

덥다. 이마 여기저기서 땀이 솟아나고, 그것이 물방울 져 미지근해진 땀이 눈 속으로 흘러 들어온다. 공교롭게도 밧줄로 묶여 있으니 물론 손으로 닦을 수도 없다. 그래서 머리를 움직여 땀의 진로를 바꾸려 하면 심한 현기증이 몰려올 것 같아서 안타깝지만 이 계획도 보류했다. 생각을 하는 중에도 땀은 여지없이 눈꺼풀을 적시며, 코와 입 주위를 돌아 턱 아래까지 흘렀다. 너무나도 기분이 나쁘다.

그때까지 눈을 떠서 하얗게 탄 하늘과 잎을 드리운 삼밭을 바라보고 있었지만, 땀이 한없이 흐르기 시작하자 그것조차 단념할 수밖에 없었다. 류는 그때 처음으로 땀이 눈에 들어가면 쓰리다는 것을 알았다. 도살장에 끌려온 양과 같은 얼굴을 하고, 얌전히 눈을 감은 채 가만히 햇빛을 맞고 있으니, 이번에는 하늘을 향해 있는 얼굴과 몸 전체의 피부가 점점 아파왔다. 피부 전체가 사방으로 움직이려는 힘이 작동했지만, 피부 자체는 전혀 탄력이 없었다. 그래서 몸 전체가 따끔거린다고 설명을 하면 되는 통증이었다. 이는 땀과는 비교할 수 없을 정도로 고통스러웠다. 류는 슬슬 외국인 스님에게 치료를 받는 것이 화가 나기 시작했다.

하지만 나중에 생각해 보면, 이 정도는 아직 나은 편이었다. 점점 목이 마르기 시작했다. 조조였는지, 누군가가 앞길에 매실나무숲이 있다고 해서 군인들이 목을 축였다는 이야기는 류도 알고 있었다. 하지만 아무리 매실로 만든 식초를 상상해 봐도 목이 마르는 것은 변함이 없었다. 턱을 움직이고, 혀를 깨물어도 봤지만 입속은 여전히 열기로 가득했다. 머리맡에 옹기병이 없었다면 조금이라도 견디기 쉬웠을 것이다. 그런데 병 입구에서 풍겨오는 술 향기가 류의 코를 끊임없이 자극했다. 심지어 기분 탓인지 술 향기가 점점 더 진해지는 것만 같았다. 류는 병이라도 보려고 눈을 떴다. 눈에 힘을 줘서 바라보니, 병의 입구와 의젓하게 부풀어 오른 몸통 절반만 보였다. 보이는 것은 그것뿐이었지만, 류의 머리 속에는 황금빛 술이 어두운 병 안에 가득 찬 모습이 떠올랐다. 무심결에 갈라진 입술을 마른 혀로 핥아 봤지만, 침은 전혀 샘솟지 않았다. 이제 땀마저도 햇빛에 말라 전처럼은 흐르지 않았다.

그러자 심한 현기증이 연속해서 두세 번 일었다. 아까부터 두통이 끊이지 않았다. 류는 마음속으로 점점 외국인 스님을 원망했다. 그러면서 왜 자신이 저런 인간의 감언이설에 속아 이런 바보 같은 고생을 하고 있을까 생각했다. 그 사이 목은 점점 더 말랐다. 가슴은 묘하게 메스껍다. 더 이상 참고 있을 수만은 없었다. 류는 결국 마음먹고 머리맡에 있는 외국인 스님에게 치료를 중단해 달라고 할 생각으로 헐떡거리며 입을 열었다.

그때였다. 류는 말로 표현하기 어려운 어떤 덩어리가 가슴에서 목으로 조금씩 기어 올라오는 것을 느꼈다. 그것이

지렁이처럼 꾸물거리는 것 같기도 하고, 도마뱀처럼 앉아서 조금씩 움직이는 것 같기도 했다. 어쨌든 부드러운 것이 부드럽게 간질거리며 식도를 향해 올라왔다. 결국 그것이 목울대 밑을 힘겹게 통과하나 싶더니, 이번에는 갑자기 미꾸라지 같은 미끈한 무언가가 어둠을 뚫고 힘차게 밖으로 튀어나왔다.

그 찰나에 옹기병 쪽에서 첨벙하며 무엇인가가 술 안으로 빠지는 소리가 났다.

그러자 가만히 앉아 있던 외국인 스님이 재빨리 일어나 류를 묶었던 새끼줄을 풀기 시작했다. 이제 술 벌레가 나왔으니 안심하라는 것이다.

"나왔나요……?"

류는 신음하듯 내뱉으며, 어지러운 머리를 들고 신기한 나머지 목이 마른 것도 잊고 알몸인 채로 병 쪽으로 갔다. 손 선생도 흰 부채로 햇빛을 가리며 서둘러 둘에게 다가왔다. 셋이서 병 안을 들여다보니, 붉은 진흙색을 띤 작은 도롱뇽처럼 보이는 것이 술 속에서 헤엄치고 있었다. 길이는 세 치

정도였다. 입도 있고 눈도 있다. 아마도 헤엄치면서 술을 마시는 것 같았다. 이를 본 류는 갑자기 속이 역겨워졌다……

4.

외국인 스님의 치료 효과는 곧바로 나타났다. 류대성은 그날 이후 술을 전혀 마실 수 없게 되었다. 지금은 냄새를 맡는 것도 싫다고 한다. 그런데 이상하게도 류의 건강이 그때부터 조금씩 나빠졌다. 술 벌레를 뱉어낸 지 올해로 3년이 되었는데, 왕년에 토실토실했던 모습은 온데간데없었다.

나쁜 낯빛에 기름진 피부가 험상궂은 얼굴을 감싸고, 서리가 내려앉은 양쪽 살쩍이 관자놀이 위에 조금 남아 있을 뿐, 일 년에 몇 번 잠을 잤는지도 모를 정도라고 했다.

하지만 그 이후 쇠약해진 것은 류의 건강만이 아니었다. 류의 가세도 점점 기울어, 300묘나 되었던 성하의 논도 이제는 대부분 남의 손에 넘어갔다. 류 자신도 하는 수없이 손에 익숙하지 않은 가래를 잡고서, 쓸쓸한 나날을 보내고 있다.

　술 벌레를 뱉어낸 후 왜 류의 건강이 쇠약해졌을까. 왜 가세가 기울었을까? — 술 벌레를 뱉어낸 일과 그날 이후 류의 몰락의 인과관계를 봤을 때, 누구나 갖게 되는 의문이다. 실제로 이 의문은 직업을 가리지 않고 장산에 살고 있는 모든 사람들이 반복해 제기했고, 그들의 입에서 여러 가지 답이 나왔다. 지금 여기에 제시한 세 가지도 여러 답 중에서 가장 대표적인 것을 골랐을 뿐이다.

　첫 번째 답. 술 벌레는 류의 복福으로, 병病이 아니었다. 우연히 어리석은 외국인 스님을 만나, 스스로 천부의 복을 잃게 된 것이다.

　두 번째 답. 술 벌레는 류의 병으로, 복이 아니다. 왜냐하면, 한 번에 항아리 하나의 술을 마시는 것은 일반적으로 도저히 상상할 수 없기 때문이다. 때문에 만약 술 벌레를 없애지 않았다면, 류는 머지않아 죽었을 것이다. 그렇게 생각하면, 가난하고 아픈 것은 오히려 류에게는 행복이라고 할 수 있다.

세 번째 답. 술 벌레는 류의 병도 복도 아니다. 류는 예전부터 술만 마셔왔다. 류의 인생에서 술을 빼면 남는 것은 아무것도 없다. 그렇게 보면 류가 바로 술 벌레이고, 술 벌레가 바로 류인 것이다. 때문에 류가 술 벌레를 없앤 것은 스스로 자신을 죽인 것과 다름없다. 즉, 술을 마시지 못하게 된 그날부터 류는 류이면서, 류가 아니었다. 류 자신이 이미 사라졌다면, 이전의 류의 건강이나 재산을 잃게 된 것은 지극히 당연한 일일 것이다.

　이들 중에서 어느 것이 가장 맞는지, 나도 잘 모른다. 나는 단지 중국 소설가의 Didacticism에 따라 이런 도덕적인 판단을 이 이야기의 결말에 열거했을 뿐이다.

다이쇼 5년(1916년) 4월

사케의 기원, 한반도에서 유래?

일본 열도에서는 예로부터 쌀로 빚은 술을 마셔왔다. 쌀을 원료로 한 술의 제조 방법은 벼농사와 함께 중국 대륙에서 전해졌다고 하지만, 그 기원에 대해서는 여러 설이 있다. 그중에는 일본의 사케가 한반도에서 전해졌다는 설도 있다.

일본에서 가장 오래된 책인 『고지키古事記』에는 백제에서 건너 온 스스코리須々許理라는 사람이 누룩을 활용한 양조 방법을 전했다고 쓰여 있다. 또한 스스코리가 헌상한 술을 마신 일왕은 기분이 좋아져 다음과 같은 시를 남겼다고 한다.

스스코리가 빚은 술에 짐은 취한다.
　　　근심 없는 술, 미소 넘치는 술에 짐은 취한다.

그 후 사케는 큰 절에서 빚게 되었습니다. 특히, 무로마치

46

시대(1336-1573)에는 지금까지 이어지는 많은 양조 기술이 개발되었다. 이 시기에 사케로 명성을 떨친 절 중에는 햐쿠사이지百濟寺라는 곳이 있다. 이름을 보면 알 수 있듯이 백제에서 건너간 사람들과 인연이 깊은 절이다. 햐쿠사이지의 사케는 일왕과 막부에 헌상할 정도로 많은 사랑을 받았지만, 오다 노부나가에 의해 절은 불태워졌고 명성 높았던 사케도 함께 사라져 버리고 말았다.

21세기에 들어와 햐쿠사이지의 사케를 부활시키기 위한 움직임이 시작되었다. 지금 다시 부활한 햐쿠사이지의 사케는 옛 맛을 그대로 재현한 것은 아니지만, 그 역사를 전해 간다는 의미에서 깊은 맛을 즐길 수 있을 것이다.

하기와라 사쿠타로

(萩原朔太郎 1886~1942)

시인, 평론가. 군마현 출생.

1917년에 간행된 첫 번째 시집 『달을 향해 짖다』에서 기존 시의 개념을 깨고, 새로운 형식의 시를 썼다. 1923년에 발간한 시집 『푸른 고양이』에서 구어자유시를 확립해 부동의 지위를 차지했다. 일본근대시의 아버지라고도 불린다.

만돌린 악단을 주재하며 연주 활동을 하는 등 음악 활동도 열심히 했으며, 사진에도 재능을 발휘하는 등 다재다능한 인물이다.

장녀인 요코도 작가이며, 그녀가 남긴 수필에 따르면 하기와라가 좋아했던 안주는 '연어알 절임과 복어 절임, 그리고 해삼, 가라스미, 베이컨, 순채'였다고 한다.

술에 대하여

술이라는 것이 건강에 유해한지 무해한지, 물론 나는 의학적인 판단을 할 수 없다. 하지만 나의 경우를 말해 본다면, 의심할 여지 없이 유익하며 다른 어떤 약보다도 건강에 도움이 된다. 만약 내가 술을 마시지 않았다면, 아마도 서른 살이 되기 전에 죽었을 것이다. 청년 시절, 나는 아주 예민한 인간으로 병적인 환상과 강박관념에 끊임없이 시달렸다. 그래서 사는 것이 괴로워서 끊임없이 자살만을 생각했다. 게다가 육체적으로도 약해서, 일 년에 절반은 병상에 누워 있을 정도였다. 그런데 술을 마시기 시작하면서 차츰 기분이 밝아졌고, 몸 상태도 좋아졌다.

술은 '근심을 쓰는 빗자루'라고 하는데, 나의 경우에는 그 빗자루 덕분에 지금까지 살아온 것이나 마찬가지다. 신경쇠약이라는 병은 의학적으로 어떤 것인지는 잘 모르지만 내가 경험한 바에 따르면, 분명히 술로 치료할 수 있는 병이다. 일시적으로는 물론이고, 오랫동안 지속해서 마시면 체질이 근본적으로 치료가 된다. 그러니까 술을 마셨을 때처럼 점점 신경이 뻔뻔해지고, 모든 일에 둔감해지면서 사소한 일로 끙끙 앓지 않게 된다. 나쁘게 말하면, 그만큼 마음이 거칠어지는 것이지만 너무 예민한 사람은 적당히 중용을 취할 수 있게 된다.

미국에서는 한때 법으로 술을 금지해서 폭력단들이 횡행하기에 이르렀지만, 지금의 신경쇠약 시대를 표상하는 문명인의 생활에서 술 없이 산다는 것은 생각할 수 없다. 술을 죄악시하는 사상은 양키적인 청교도의 인도주의에 기초한다. 그런데 이 청교도라는 것이 원래 문화적 정조의 섬세함을 모르는 천박한 정신에 속한다. 청교도 정신은 헬레니즘 문화에 대한 야만주의적 항쟁이다. 모든 기독교 안에서 이것이 가장 비철학적이며, 비인텔리적인 비속실용주의 종교다. 때문에 구세군과 같은 종교가 길거리에서 북을 치고 술의 해악을 아무리 설교해도, 문화인인 우리 예술가들이 전혀 듣지 않는 것은 당연한 일이다.

일반적으로 알려진 것처럼, 술이 성욕을 고조시킨다는 말은 거짓이다. 오히려 대부분 술은 그 반대로 작용하기도 한다. 이 사실에 대해서 나는 나를 실험하여 경험했다. 틀림없는 사실이다. 하지만 모두가 아는 것처럼 술은 억제 작용을 상실하게 한다. 때문에 평소 억누르고 있던 성욕이 의지의 굴레에서 벗어나 마음대로 날뛴다. 그래서 표면적으로는 술이 성욕을 증진시키는 것처럼 보인다. 실제로는 술을 마셨을 때의 성욕은 질적으로도 양적으로도 평상시에 비해 훨씬 떨어진다. 게다가 품위 없고, 감각의 섬세함이 없다. 진정한 호색가들은 절대로 술을 마시지 않는다.

술이 억제력을 상실하게 만든다는 특징은 술이 가진 만능

적 효과이긴 하지만, 동시에 도덕적으로 비난을 받는 이유이
기도 하다. 실제로 술에 취했을 때 한 모든 행위는 패륜이라
고 할 정도는 아니더라도 자기혐오를 느끼게 할 만큼 추악
하다. 술은 술에 취해 있는 상태가 좋은 것으로, 깨어난 후의
기억은 모두 고통스럽다. 하지만 고통을 동반하지 않는 쾌락
이라는 것은 없다. 술을 깬 후의 후회가 두렵다면, 애초에 술
을 마시지 않는 것이 낫다. 술을 마신다는 것은 다른 사업이
나 투기와 마찬가지로 인생에서 하나의 모험적인 행위다. 또
한 술을 향한 강한 유혹이 실로 그 모험의 재미에도 존재한
다. 평소 제정신으로는 하지 못하는 일을, 이른바 술의 힘을
빌어 할 수 있다는 것에 술꾼들의 로맨틱한 비상飛翔이 있다.

일 년치 생활비를 하룻 밤 유흥비로 탕진해 버린 남자는
만취 상태에서 깨어난 다음 날 다시는 평생 술을 마시지 않
겠다고 맹세할 것이다. 그 후회는 채찍처럼 고통스럽다. 하
지만 그가 술을 마시지 않았다면, 평생 그렇게 호화롭게 노
는 일은 없었을 것이다. 성실한 사람이라는 의식에 쫓기며,
평범하고 재미없는 삶을 살았을 것이다. 술을 마시고 실패를

하는 것은 처음부터 그 모험 속에 의미를 지닌다. 인생의 꿈과 낭만을 모르는 자는 술잔에 손을 대지 않는 편이 낫다.

술꾼들의 인생은 이중인격적인 삶이다. 평소 제정신으로 있을 때는 매우 근엄한 덕망가 선생님들이 술에 취하면 어찌할 수 없는 호색가가 되어 저속한 짐승으로 변하기도 한다. 전자는 지킬 박사이며, 후자는 하이드다. 그리고 이 두 인물은 서로를 증오한다. 지킬은 하이드를 죽이려 하고, 하이드는 지킬을 죽이려 한다. 술에서 깬 후, 술에 취한 자신을 생각해 내는 것만큼, 전 우주 속에서 추악한 증오를 느끼게 하는 것은 없다. 내가 만약 술에 취해 있지 않았을 때, 취해 있는 자신과 길에서 만난다면 침을 뱉기는커녕 동물적인 혐오와 분노로 당장 때려죽일 것이다. 이러한 심리를 정교하게 영화로 그린 작품이 채플린의 최신작 〈시티 라이트*〉다.

이 영화에는 두 명의 주인공이 등장한다. 한 명은 백만장자이고, 다른 한 명은 떠돌이다. 백만장자는 불륜을 한 아내가 가출하면서, 황금 속에 묻혀 지내지만 인생의 무의미함을 느끼며 불행하게 살고 있었다. 자포자기한 채로 매일 밤 번

*1931년 작품.

화가 뒷골목에 있는 술집을 돌아다니며 흥청망청 낭비하면서 자살할 곳을 찾아다녔다. 인간의 가장 깊은 슬픔을 아는 귀신에게 홀린 것 같은 인물이다. 어느 늦은 밤, 만취해 죽을 곳을 찾아다니는 불행한 신사가 뒷골목에 있는 어두컴컴한 지하실에서 채플린이 연기하는 떠돌이와 조우한다. 떠돌이 역시 신사처럼, 하지만 신사와는 다른 사정으로 인생에 절망한 인물이다. 그곳에서 둘은 매우 친해져서, 서로를 '형제'라 부르며 포옹하고 수염을 기른 얼굴로 입맞춤까지 한다. 술에 취한 신사는 떠돌이를 자신의 집으로 데려가, 늦은 밤에 자고 있는 집사를 깨워 연회를 연다. 턱시도를 입은 부호의 하인과 집사들은 떠돌이를 보고 놀라 주인의 제지에도 불구하고 그를 밖으로 내쫓으려고 한다. 하지만 신사는 즐거워하며, 한 병에 백 프랑이나 하는 술을 벌컥벌컥 마시게 하고, 심지어 자신의 침대에 억지로 눕혀 서로 껴안고 잠을 잔다.

아침에 눈을 뜨자 신사는 제정신이 돌아왔다. 그리고 자신의 옆에서 자고 있는 불결한 떠돌이를 보고 증오에 치를 떨었다. 그는 큰소리로 하인을 불러, 당장 이 자를 밖으로 쫓

아내라고 야단을 친다. 그는 자살을 위해 준비해 둔 총을 만지작거리며, 지난밤의 어리석은 행동을 후회하면서 독사같은 자기혐오에 시달린다. 그는 자기 자신을 향해 소리친다.

"파렴치! 멍청이, 짐승!"

하지만 저녁이 되자, 신사는 다시 술을 많이 마시고 고주망태가 되어 뒷골목의 어두운 길을 배회하다가 어젯밤에 만난 떠돌이를 또다시 만난다. 그는 다시 감격해 "오, 형제!"라 부르며 악수를 한다. 그리고 떠돌이를 자동차에 태워 집으로 데려가서, 금고를 열어 거기에 있는 돈다발 전부를 그에게 줬다. 하지만 다음날 아침, 다시 제정신이 돌아왔을 때 큰돈을 갖고 있는 떠돌이를 보고 도둑놈이라며 그를 매도한다. 이런 날이 매일같이 반복되는 것이다.

숙명시인宿命詩人 채플린이 의도한 것은 신사를 통해 자신의 일면(백만장자로서의 채플린과 사회적 명사로서의 신사생활)을 표상하고, 떠돌이를 통해 영원히 불행한 표류자의 허망하고 슬픈 예술가로서의 자신을 표상하는 것이었다. 즉, 이 영화의 두 주인공은 모두 채플린의 절반의 모습이며, 삶의 거울에 비친 일인이역의 모습이었다. 게다가 신사는 자신의 다른 모습인 떠돌이를 증오하고, 불결한 동물처럼 혐오한다. 그럼에도 그의 영혼이 시를 생각할 때, 그는 떠돌이의 안에서 진실한 자신의 모습을 발견하고 방랑하는 떠돌이와 포옹하며 슬퍼하는 것이다.

채플린의 비극은 심각하다. 하지만 천재가 아닌 평범한 사람도, 이러한 이중인격적 모순과 비극을 늘 인식하고 있다. 특히 그중에서도 술을 마시는 사람들은 잘 알고 있다. 술을 마시는 모든 사람들은 영화 〈시티 라이트〉에 나오는 신사다. 밤이 되면 만취해서 여자에게 많은 돈을 주면서 큰소리치는 신사는 아침이 되면 후회하면서 자신이 돈을 준 여자를 마치 도둑인양 증오한다. 술에 취해 모르는 남자와 친구가 되거나 형제라 부르며 입맞춤을 했던 사람은 아침이 되자 수없이 침을 뱉고 양치질을 한다. 그리고 머리를 쥐어뜯으며 온갖 혐오와 증오의 말을 자기 자신을 향해 내뱉는다.

모든 술꾼들이 원하는 바는 술에 취해 한 행동들을 다음 날 아침이 와도 기억하지 않고, 잊고 싶다는 것이다. 즉, 하이드가 지킬에게 한 것처럼 자신의 하나의 인격이 다른 인격을 말살시켜 기억에서 지워 버리고 싶은 것이다. 하지만 이런 당연한 바람이 실현되었을 경우를 상상해 보면, 이는 너무나 불안하고 기분 나쁘며 위험하다.

내가 실제로 경험한 일을 이야기하고자 한다. 어느 날 아침 눈을 떴을 때, 왼쪽 팔이 몹시 아팠다. 어딘가에서 다친 모양이었다. 그래서 지난밤의 기억을 조심히 떠올려 봤지만, 모든 것이 망막할 뿐 전혀 기억나지 않았다. 나중에 친구에게 들으니, 내가 술에 취해 자동차에 치여 도로에 쓰러졌다는 것이다.

더 심각한 것은 어느 날 밤 단골 카페에 갔는데, 여급이 "어제는 늦어서 돌아가기 힘드셨죠?"라고 하는 것이다. 전날 밤에 이곳에 온 기억이 없던 나는 이상하다는 듯 물어보니, 여급은 놀라며 "어머! 어제 밤에 오셨잖아요"라고 하는 것이다. 아무래도 이상해서 더 캐물어 보니 여급의 말대로 어제 밤에 이곳에 들른 기억이 조금씩 되살아 났다. 기억이 완전히 돌아왔을 때는 심한 불쾌감에 얼굴이 시퍼렇게 질리고 말았다.

또 다른 예를 들어 보겠다. 어느 날 아침, 미츠코시 포목점에서 큰 보따리가 배달됐다. 집사람이 밖으로 나가더니 말싸움을 했다. 집사람은 그런 물건을 산 기억이 없으니 잘못 온 것이라고 했다. 배달부는 제대로 왔다며 완강하게 주장했다. 결국 내가 불려 나갔다. 하지만 나도 물건을 산 기억이 없었기에 집사람과 함께 잘못 배달됐을 것이라고 주장했다. 게다가 그 물건은 이미 계산도 완료되어 있었다. 그러니 더욱 받을 수가 없었다. 하지만 배달부가 끝까지 강하게 주장하기에 나는 조금 걱정스러워져서 어젯밤의 기억을 조심히 되짚어 보니, 역시 내가 산 것이었다. 나는 술에 취해 야간 영업을 하는 가게에 들어갔다. 그러자 평소 갖고 싶었던 물건들이 밝은 불빛 아래 진열되어 꿈만 같이 매혹적으로 보였다. 술에 취한 나는 술꾼 일류의 열정과 무모함으로 그것들을 모조리 사고 싶어졌고, 먼저 계산을 해서 집으로 배달 시켰다. 그리고 다음날 깡그리 잊어버린 것이었다.

이러한 기억상실만큼 불안하고 기분이 나쁜 것은 없다.

왜냐하면 일정 시간 동안 자신이 한 행위가 모두 사라지고 자취를 감춰 버리기 때문이다. 지난밤에 자신이 어디서 무엇을 했는지, 어디를 돌아다녔고 어떤 행동을 했는지를 자신이 알 수 없을 때의 찝찝함은 말로 표현할 수 없다. 몽유병에 걸린 사람은 자신이 한 행위를 기억하지 못하고, 병이 나은 후에 과거 삶과 그 절반의 자신을 완전히 잊어버린다. 윌리엄 제임스*의 심리학 저서에는 이러한 몽유병 환자와 인격분열자의 실제 사례가 많이 나온다. 어느 환자는 병에 걸렸을 때, 자신을 B라는 다른 사람의 이름으로 부르며 완전히 다른 사람이 되어 이야기를 한다. 게다가 그를 비판하고 매도하며, 그의 생활에 대해 객관적인 입장을 취한다. 모든 술꾼이라는 인종은 일시적인 몽유병 환자이며, 인격분열자다.

샤를 보들레르는 술과 아편과 하시시를 약물학적으로 비교 관찰한 뒤, 술이 가장 건전하고 독성물질의 위험성이 없을뿐더러 의지를 강하게 한다며 추천했다. 아편이나 하시시에 비하면 술은 분명히 생리적이며, 신과 함께 태초부터 존재해 온 자연이 부여한 음료다. 원숭이 같은 동물조차 직접

---

*William James, 미국의 심리학자.

술을 만들어 마신다.

중국인이 술의 정령을 성성이로 상징하며, 자연과 함께 유유하는 신선을 경사스러움에 빗댄 것은 참으로 중국인다운 노장사상이다. 이처럼 '술을 경축'하는 사상을 기독교를 믿는 서양인들은 이해할 수 없다. 그래서 청교도인들은 술을 악마처럼 증오한다. 술의 종교적인 신성함을 아는 것은 전 세계에서 중국인과 일본인 밖에 없을 것이다.

마사오카 시키

〈正岡子規 1867~1902〉

일본 메이지 시대에 활동한 하이쿠 시인, 시인. 에히메현 출생. 기자로 신문사에서 일하면서 하이쿠 시의 혁신 운동을 시작했다. 청일전쟁에 종군한 후 각혈을 하고 그 후로 오랫동안 병상에 누워 있으면서, 문학자로서의 활동을 본격화했다. 많은 작품을 쓰면서, 지금까지 발행되고 있는 잡지 〈호토토기스〉를 이끌었던 것으로도 유명하다. 친한 사이였던 나츠메 소세키와 함께 일본 문학에 큰 영향을 미쳤다.

마사오카는 술을 잘 마시지 못한다고 했지만, 술에 관한 작품을 많이 남겼다.

술

히토츠바시 밖에 있는 학교 기숙사에서 지냈을 때, 내일
은 삼각법 시험을 본다고 해서, 노트를 펴 놓고 '사인, 알파,
탄젠트, 시타시타'라고 읽고는 있지만 전혀 이해가 되지 않
았다. 내가 곤란해하고 있자, 친구가 술이나 마시러 가자고
해서 함께 곧바로 뛰쳐나갔다. 자주 가던 진보쵸에 있는 서
양 술집으로 가서, 락쿄*를 안주 삼아 사케 마사무네正宗를 마
셨다. 나는 항상 다섯 잔만 마시지만, 이날은 1홉을 마셨다.
이 기세로 돌아가서 삼각을 공부할 작정이었다. 그런데 학
교 문을 들어설 때부터, 발이 떠 있는 느낌이 들더니 방에 들

*염교 절임을 가리키며, 일본에서는 주로 초밥과 함께 먹는다.

어왔을 때는 갑자기 취기가 돌아 너무나 괴로워서 참을 수가 없었다. 시험 준비 따위는 잊어버리고, 그날 밤은 그대로 잠들어 버렸다. 그러자 다음날 시험에서는 백 점 만점에 겨우 14점을 받았다. 14점은 전례 없는 점수였다.

술도 나쁘지만, 선생님도 너무하다.

유메노 규사쿠 (夢野久作 1889~1936)

소설가. 일본의 정치계에서 큰 영향력을 가진 스기야마 시게마루의 장남으로 후쿠오카에서 출생. 일본의 추리소설과 이단문학의 '3대 기서'중 하나인 『도구라마구라』작가로 유명하다. 한편, 고향인 규슈의 신문사에서 일하면서 지역을 무대로 한 작품을 남겼다. 특색 있는 수필을 잘 썼다는 것은 이 책에 수록된 두 편의 작품에서도 느낄 수가 있다.

○ ●

맥주회사 정벌

　매번 술 이야기라 조금 그렇지만, 지금 생각해 봐도 뱃가
죽이 움찔움찔해 오는 주당들의 걸작을 기록해 둘 필요가 있
다.

　규슈 후쿠오카의 민정계民政系 신문인 규슈일보사가 정
우회政友会 만능시대로 경영난에 빠진 어느 한여름의 이야
기…… 겐요샤玄洋社풍의 대주가와 체격 좋은 사람들이 일제
히 모여있는 규슈일보 편집부원 일동은 월급을 꼬박꼬박 받

지 못해 술을 마실 수가 없었다.

모두들 일할 기운도 없이 책상 주위에 푸르스름한 호걸상을 진열해 놓고, 죽어가는 민물고기처럼 뻐끔뻐끔 하품을 번갈아 하면서 눈물을 글썽이는 광경은, 마치 기근이 있던 해의 면의회를 보는 듯했다. 어떻게든 맛있는 술을 실컷 마실 방법은 없을지, 나오는 이야기는 그것뿐이었다. 궁하면 통한다고 했던가, 머지않아 경찰서를 담당하는 일등 술꾼이 좋은 안을 내놓았다.

지금도 후쿠오카에 지사가 있는 ××맥주회사는 당시, 규슈에서도 일류의 정구 스타 선수들이 소속되어 있었다. 규슈의 실업 정구계에서도 ××맥주를 대적할 만한 팀은 없다고 할 정도였고, 회사 옆에는 천 엔이나 들여 만든 위풍당당한 정구 코트가 두 개 있었다.

"××맥주에 정구 시합을 한 번 신청해 보는 건 어때?"

그러자 모두 자리에서 벌떡 일어나 찬성했다.

"정말로 식사 자리에 맥주가 나올까?"

망설이는 사람도 있었지만,

"안 나와도 손해는 아니잖아?"

라며 다른 의견을 모두 일축하고, 바로 전화를 걸어 시합을 신청했다.

"마침 선수들도 모여 있습니다. 언제든지 좋습니다."

호의적인 답변을 받았다.

"그러면, 내일이 일요일이라 석간이 없으니 오전 중에 부탁드립니다. 오후에는 일이 있어서요…… 다섯 팀으로 다섯 게임. 오전 9시부터…… 괜찮습니다. 잘 부탁합니다……"

시합 일정이 정해졌다. 맥주회사 쪽도 빈틈이 없었다. 신문사와 시합을 하면 신문에 기사가 나올 것이다…… 광고가 될 거라고 생각한 것 같은데, 그래도 이쪽의 실력을 알 수 없어서 작전을 세우는데 조금 곤란하다고 했다.

곤란했을 것이다. 실은 우리들도 심각한 선수난을 겪고 있었다. 솔직히 말해, 애초에 테니스 같은 것을 할 수 있는 팀은 술을 한 방울도 마시지 못하는 필자가 속한 한 팀뿐이었다. 그 밖에는 모두 중국의 군대와 매한가지로 테니스 따위는 제대로 본 적도 없는 사람들이 너도나도 입맛을 다시며 참가하려 하니, 장렬하게 울어야 할지 어찌해야 할지. 주장인 필자는 곤란하기 그지없었다.

 "이봐, 주장. 자네는 술을 한 방울도 못 마시니 선수 자격
이 없어. 내가 대장을 해 줄 테니 자네는 비키라구. 지면 내
가 유도 4단의 실력으로 상대를 때려눕혀 줄 테니까. 어?"

 이렇게 말하는 깡패 같은 놈이 나타나 주장의 머리속은
더욱더 혼란스러웠다. 하는 수없이 그놈을 선수가 아닌 가짜
매니저로 올려놓고 참가를 허락해야 하는 형편이었다……
그리고 나서 원고지에 테니스 코트 그림을 그려 놓고 모두에
게 승패의 규칙을 설명했지만, 진지하게 듣는 인간은 한 명
도 없었다.

 "해 보면 알겠지."

 라는 식으로 말하면서 하나 둘 나가 버리는 것을 보고 어
안이 벙벙했다. 의욕만큼은 이미 적을 마셔버린 것 같았다.

 다음날 아침 일요일은 쾌청하게 맑아서 정구를 하기에 딱
좋은 훌륭한 날씨였다. 여기저기서 빌려 모은 낡은 라켓 대
여섯 자루를 필자가 들쳐매고 집을 나왔을 때는, 져본 적이
없는 구스노키 마사츠라楠正行가 시죠나와테四条畷를 향하던

기분을 알 것만 같았다.

맥주회사의 코트에 도착해서 보니, 염화칼슘을 새로 뿌려 눈부시게 하얀 선을 선명하게 그어 놓았다. 그 주위를 임원진 이하 남녀 사원들이 바짝 둘러싸고 상대 선수들의 연습을 보고 있는 그 안으로 들어갈 때는 무심코 전신에서 식은땀이 흘렀다. 서둘러 정신을 차리고, 시간이 없다며 우리 팀은 선수들의 연습을 거절했다.

작전으로는 필자가 포함된 주장 팀이 맨 앞에 나섰다. 적어도 한 팀이라도 쓰러뜨려 두고 싶었다. 잘하면, 연승해서 물러날 수 있을지 모른다는 자만 섞인 한심한 예상이었지만, 보기 좋게 빗나가 상대도 주장인 유키와 혼다가 포함된 넘버 원 팀이 나와서 바짝 주눅이 들었다. 그것만으로 꼼짝없이 3 대 0 연패로 끝이 났다. 그 후의 처참한 꼴이란…… 맥주가 그렇게도 마시고 싶었을까, 생각하면 눈시울이 뜨거워질 정도였다.

상대팀 선수들은 새 유니폼을 제대로 갖춰 입었는데, 우리는 와이셔츠에 세일러 바지, 낡은 버선에 땀에 절은 찌그러진 중절모를 쓴 아이스크림 노점상 같은 스타일이 제일 나았다. 구두를 신은 채 코트에 들어가 야단맞는 사람. 화려한 메리노 속옷에 빨간 잠방이 하나. 서양식 손수건으로 광대처럼 얼굴을 감싼 사람. 그중 한 명은 상반신을 드러내고 넝마주이처럼 천을 덧댄 낡아빠진 바지를 입고 '자 덤벼라' 큰 소리로 외치며 뛰어나와서, 심판으로 고용된 대학생이 배꼽을 잡으며 높은 의자에서 내려오기도 했다.

물론 라켓 잡는 법 따위는 알 리가 없었다. 서브부터 받아치지도 못할 뿐만 아니라, 우연히 맞았다 싶으면 철망을 넘기는 홈런…… 그래도 본인은 이겼는지 졌는지도 모른 채 한없이 코트 위에서 기웃거리고 있다. 유유히 고무공을 줍고 있거나 무언가를 하고 있어서 상대가 코트에 달라붙어 웃고 있지만, 그래도 아직 분위기 파악을 못하고 있다.

"뭐야, 진 거야?"

볼을 불퉁거리며 풀이 죽어 퇴장하자, 폭소와 큰 박수가 양쪽에서 터져 나오는, 전무후무 불가사의한 성황 속에서 무사히 예정된 퇴각을 하게 되었다.

그 후 예정대로 코트 밖 잔디에 설치된 천막 안에 맥주와 마른안주가 나왔다. 두 명의 소사가 50갤런들이 술통을 들고 왔을 때는 모든 선수들이 무심결에 기쁜 얼굴로 서로를 마주 봤다. 동시에 주장인 필자는 심장이 두근두근했다. 속셈을 들킨 채 성공했으니 말이다……

"음, 통에 담겨 있어서 작아 보이지만요. 한 통 있으면 50 명에서 100명 정도의 연회에서는 항상 남습니다…… 마음껏 드십시오."

중역의 인사가 끝나고, 컵이 나오자 마시고 또 마셨다. 필 자를 제외한 9명의 선수와 가짜 매니저는 문자 그대로 거대 한 고래가 백 개의 강물을 마시는 것 같았다.

"이봐 컵으로는 귀찮으니까, 그 큰 잔으로……"

라고 말한 후 7홉 크기의 잔으로 숨도 쉬지 않고 연거푸 들이마셨다.

"대단하시네요. 하나 더……"

중역 한 명이 우리 팀의 가짜 매니저를 쓰러뜨리려 했지 만, 기세가 꺾일 줄 몰랐다. 통 안에 점점 거품만 남기 시작 하자 임원들이 한 명, 두 명 도망가기 시작해, 결국 상대팀 선수들까지 모두 사라졌고, 햇빛이 쨍쨍 내리쬐는 잔디 위에

천막과 빈 술통, 그리고 산더미처럼 쌓인 컵과 소변을 보러 왔다갔다 하는 우리 팀 선수들만 남았다. 심지어 가짜 매니저가 앞장서고, 양손에 라켓을 든 세 명이 신발을 신은 채 코트에 올라가서,

"이겼으면 됐지! 이겼으면 됐지!"

라고 외치면서 춤을 추기 시작했다. 뭐를 이겼는지 알 수 없다. 그러더니 한심한 놈들이라고 생각하고 있는 필자를 다 같이 끌어내서 임원실로 인사를 하러 갔다. 하는 수없이 필자가 인사를 했다.

"오늘은 정말로 잘 먹었습니다."

그렇게 말하고 물러서려고 하는데, 등 뒤에서 몽롱하게 취한 눈을 한 가짜 매니저가 앞으로 나와 과장되게 입맛을 다셔 보였다. 그리고 큰 소리로 외쳤다.

"아아, 오후에 일이 없었다면 좀 더 천천히 마시고 싶었는데, 아쉽습니다!"

마지막 일격을 가했다.

길로 나오자, 모두 모자를 던지고 라켓을 휘두르며 감격

했다.

"××맥주회사 만세……! 규슈일보 만세……!"

"공은 아이들 기념품으로 가져가게씀니다아......"

다음날 신문에 기사가 나갔는지는 기억이 나지 않는다.

사카구치 안고

(坂口安吾 1906~1955)

제2차 세계대전 전후에 활동한 소설가, 작가. 순수문학뿐만 아니라 역사소설과 추리소설, 수필 등 다양한 분야에서 활동했다. 특히, 대표작 『백치』와 『타락론』은 패전 후의 일본 사상에 큰 영향을 미쳤다는 평가를 받는다.

일본에서 가장 양조장이 많은 니가타현 출신으로, 친척이 양조회사를 경영하고 있는 인연으로 일본 사케에 관한 수필을 다수 남겼다. 사카구치가 작품에서 이름을 언급했다는 이유로 최근에 부활한 사케도 있다.

○ ●

술집의 성인

　아비코에서 도네가와를 넘어가면 이바라키현으로, 우에노에서 5, 60분 밖에 걸리지 않는 곳에 도리데라는 마을이 있다. 옛날에는 도네가와에 나루터가 있었고, 미토 번주의 본진이 남아 있는 역참마을이었는데, 지금은 절 참배객과 붕어 낚시꾼을 제외하고 일반 사람들은 가지 않는 곳이다.

　이 동네에서는 술 파는 가게가 술집을 같이 하면서, '통파치'라고 하는 컵 사케를 판다. 술집 주인의 설명에 따르면, 술 한 되 당 여덟 잔 밖에 나오지 않는, 즉 술잔 한가득 담아서 내놓는다는 의미라고 한다. 한 잔에 14전에서 18, 9전 정도 하는데, 술을 들이는 가격에 따라 술값은 매일 다르다. 매우 정직한 가격인데, 도쿄에서 온 친구들은 대부분 눈을 감고 숨을 죽이며 마시는 그런 술이다. 나는 이 술을 즐겨 마셨다.

'통파치 집'의 단골들은 근처 농부와 공장 노동자들인데, 농부들의 취태는 나의 상상을 훨씬 뛰어넘었다. 나 역시 마찬가지지만, 도쿄에 있는 오뎅 집의 취객들은 각자의 직업에 대해 큰 소리치기 일쑤다. 그런데 농부들은 "우리 집 가지는 다른 집 가지보다 훌륭하다"라든가, "나는 일본 최고의 감자 농부다"라는 식의 자랑을 결코 하지 않는다. 자기 직업에 대해서 절대로 큰소리치지 않는다. 그들은 취하면, 우선 소매를 걷어붙이고 "고노에* 불러와!", "총리는 뭐 하는 거야!", "나를 총리를 시켜봐!"라는 등의 말이 극에 달한다. 그리고 바로 세 명 정도의 총리가 나타나 아무도 당해 낼 수 없는 큰소리를 치며, 서로 정책이 충돌해 싸우기도 하다가 화해해서 협력 내각이 탄생하기도 한다. '통파치 집'은 의회 식당 같은 곳이다.

*고노에 후미마로近衛 文麿 전 총리. 1940년 전후로 3차례 총리를 역임함.

아사마산 속에 있는 나라하라라는 온천에서 여름을 지내며 매일 마을(겨우 15세대 밖에 없다) 사람들과 컵 사케를 마셨을 때도 역시 큰 소리를 쳤다. 그중 한 명은 전혀 밭에 나가지 않는 영감이었다. 그 영감은 밭에 나가는 대신 매일 곤충망을 메고 산속을 돌아다녔다. 제비나비를 찾는 것이었다. 마을 주변은 곤충 채집가들이 찾아오는 곳으로, 그중 한 명이 이 영감에게 제비나비가 300엔이나 한다는 솔깃한 이야기를 하고 간 것이다. 그 후 이 영감은 농사를 그만뒀다. 그런데 제비나비를 300엔으로 바꿨다는 소리는 들어본 적이 없다. 그래도 그는 매일같이 곤충망을 메고 유유히 숲속을 걷고 있다.

나도 조금 궁금해져서 도쿄에 있는 마키노 신이치*에게 편지를 보내, 제비나비가 300엔이나 하는지 물어봤다. 마키노 신이치는 20년 동안 곤충을 채집하고 있고, 나도 영광스럽게 함께 오다와라 산에서 나비를 쫓아다닌 적이 있었기 때문이다. 머지않아 답장이 왔는데, 제비나비는 분명 가치가 있는 곤충이지만, 간다神田 주변에서 팔고 있는 표본은 3엔 정도 했던 것으로 기억한다는 내용이었다.

*일본의 소설가.

어느 날 밤, 나라하라 마을 사람들 전체가 모이는 큰 연회
가 열렸다. 그날 밤 곤충 영감은 심하게 취해서 총리를 넘어
"나는 나라하라의 왕"이라며 큰 소리를 치기 시작했다. 곤충
영감에게는 예쁜 딸이 둘이 있었는데, 딸들이 양쪽에서 어르
고 달래 겨우 집으로 데려갔다. 술에 취한 왕은 몹시 기분이
좋지 않았다. 술에 취한 총리들은 모두 기분이 좋지 않았다.

도리데 마을의 서쪽과 동쪽 변두리에 똥 푸는 일을 하는
게으른 백성이 한 명씩 있었다. 이 두 명이 도리데의 모든 분
뇨를 책임지고 있는데, 태생이 게을러서 똥 푸는 일도 게을
러 도리데 마을은 일 년 내내 분뇨 처리에 어려움을 겪고 있
었다. 그런데 이 둘은 '통파치 집'의 단골이었다. 하루 일을
마치면 수레에 가득 담은 분뇨를 옆에 놔두고, 술을 두 잔 정
도 마시면 바로 총리가 된다.

이 둘은 특별히 사이가 나쁘지도 않고, 특별히 좋지도 않
았다. 서로 게을러서 애초에 경쟁의식은 없고, 오히려 숙취
에 쓰러져 일을 서로에게 미뤄서 마을 사람들을 곤란하게 했
다. 마침 내가 있었을 때, 이 둘은 총리가 되었고 결국, 서로

오물을 뿌려가며 싸움을 해서 마을 전체가 똥 냄새로 진동한 적이 있었다. 그때 술집 주인은 더 이상 술을 팔지 않겠다며 크게 화를 냈고, 그 후 둘은 상당히 얌전해졌다. 하지만 총리가 되어 기분 좋게 큰소리를 칠 때 우리 집 똥을 퍼 달라고 부탁하면, 갑자기 기분 나빠하면서 4, 5일 후에나 가겠다고 하니 어찌할 도리가 없다. 나도 분뇨 처리에 곤란해서 아부를 한 적도 있었지만, 이렇게 곰살맞지 않은 놈도 없으니 다시는 부탁하지 않았다.

하지만 곰곰이 관찰해 보면, 백성들이 모두 총리가 되어 큰 소리를 치는 것은 아니었다. 대체로 게으른 백성들에 한하여 총리가 돼서 큰 소리를 치는 경향이 있다는 것을 알게 된 후에는 나도 내심 편하지 않았다. 내가 도리데에 있었을 때는 자신감을 잃고, 날마다 초조해하면서 글을 한 자도 쓰지 못하는 시기이기도 했다. 매일 잠만 잤다. 저녁이 되면, 겨우 일어나서 '통파치 집'으로 갔다.

그때 총리들의 큰소리를 듣는 것이 무척이나 괴로웠다. 그래도 그들이 자기 직업에 대해 큰소리치는 것이 아니었기에 그나마 듣고 있을 수 있었다.

그들이 총리처럼 소리치는 것을 그만두고, 우리 가지가 일본 최고라거나, 나의 똥 푸기가 천하제일이라는 식으로 큰 소리를 쳤다면 나는 아마 가만히 있지 못했을 것이다. 나도 술에 취해 자주 큰 소리를 치는 남자인데, 아마도 내 평생에 도리데의 '통파치 집'에서 술을 마시던 때가 가장 얌전한 시기였음은 분명하다. 여관 아주머니는 나를 성인聖人이라고 했고, 돈가스집 여주인은 내가 매일 밤 술을 마신다는 말을 해도 절대 믿으려 하지 않았다. 어느 날 내가 돈이 필요해 청년단의 모범 청년에게 전당포 안내를 부탁했더니, 동전 지갑을 들고 쫓아와 20엔을 억지로 쥐여 주고 가기도 했다. 정말 믿을 수 없는 이야기다. 어떻게 이렇게 신뢰를 얻었는가 하면, 총리들의 큰 소리에 정신적으로 너무나도 지쳐 있었기 때문이다.

교훈.

방약무인으로 큰 소리를 쳐야 한다. 혹여 성인이라는 소리를 듣는다면 결코 일을 할 수가 없다.

사카구치 안고

(坂口安吾 1906~1955)

작가 설명
76페이지 참조

술에 따라오는 것들

　나는 사케 맛도 싫어하고, 맥주 맛도 싫어한다. 하지만 취하고 싶어서 마시기 때문에, 술에 취해 미각이 없어질 때까지 숨을 죽이고 약처럼 삼킨다. 나는 몸집은 크지만 위가 약해서, 참으면서 마시는 사케나 맥주는 반드시 토를 해 괴롭지만, 괴로워하면서도 더 마신다. 기분 좋게 마실 수 있는 술은 고급 코냑과 위스키뿐이지만, 지금은 구할 수가 없으니 마실 방도가 없다. 진이나 보드카, 압생트도 사케보다는 낫다. 소량으로 취할 수만 있다면, 맛은 상관없다.

취하기 위해 마시는 술이라서 취한 다음의 상태는 말이 필요 없고, 술이 깨면 우울하고 후회로 가득하다. 이것은 술꾼들의 공통적인 증상으로, 생각해 보면 술에 취한 쾌락의 시간보다 술에서 깬 후의 고통의 시간이 훨씬 길다. 인생도 이와 마찬가지로, 왜 술을 마시느냐고 묻는다면 왜 살아가는가라고 묻는 것과 같다. 취하는 것은 고통스러운 일로, 연애의 고통은 실연의 고통과 같으며, 여자를 만나 얼굴을 마주보고 있을 때는 좋지만, 헤어지면 금세 괴로워져서 잠들지 못하는 날도 있다. 연애에서 남녀가 같은 상태일 때는 여자가 원래 더 뻔뻔하고 현실적이라는 것을 알 수 있다. 그래서 여자 술꾼이 적은 것인지도 모른다.

그 여자는 그때 열일곱 살이었으니, 열한 살 위인 나는 스물여덟 살이었다. 이 여자는 대단한 술꾼으로 잔에 담긴 위스키를 꼭 단숨에 들이켰다. 몇 잔을 마셨는지 잊어버렸지만, 어쨌든 대단한 여자였다. 모나미*였던가, 테이블 위에 있던 꽃병을 깨서 6엔 정도를 청구받자 다른 테이블의 꽃병을

*도쿄 나카노에 있었던 식당.

들어 "에잇"하며 깨버린 후에 12엔을 내고 나가는 여자였다. 늘 남자와 외박하거나 여행을 다녔지만, 처녀였다. 그 여자는 나에게 자신은 처녀가 아니라고 완강히 우겼지만, 아마 처녀였을 것이다. 그녀는 니혼바시日本橋에 새로 생긴 '윈저'라고 하는 예술가들을 상대로 하는 서양 술집의 여급이었다. 술집의 장식은 아오야마 지로가 맡았고, 마키노 신이치, 고바야시 히데오, 나카지마 켄조, 가와카미 테츠타로 등 멤버들을 떠올려 보면, 그들은 그 당시 나의 문학 그룹이었는데, 슌요도春陽堂에서 낸 〈문과文科〉라는 동인지도 모두 이 멤버들뿐이었다. 그 밖에 나카하라 주야를 만난 것도 그 술집에서였다. 나오키 산주고도 다녔다. 당시의 작가들은 호시탐탐 지인들끼리 뭉치며, 모르는 동종 업계 사람들은 돌아보지도 않았으니, 또 누가 왔었는지 더는 모르겠다.

나카하라 주야는 열일곱의 여자를 좋아했지만, 그 여자는 나를 좋아했으니 주야는 처음부터 나를 달가워하지 않았다. 어느 날 밤, 그는 옆에 앉아있던 나에게 "이봐, 헤게모니!"라

며 갑자기 큰 소리를 치며 일어나 나를 때리려고 했지만, 4
척7촌* 정도 밖에 안되는 작은 남자라 키가 큰 내가 무서워
가까이 다가오지 못한 채, 1미터 정도 떨어진 곳에서 멋지게
스텝을 밟으며 좌우로 스트레이트를 내지르면서 가끔 스윙
이나 어퍼컷을 날리기도 했다. 나는 큰 소리로 웃을 뿐이었
다. 5분 정도 혼자서 격투기를 한 뒤 주야는 넋이 나간 듯이
의자에 걸터 앉았다. "어때, 같이 술 마시겠나? 이쪽으로 오
라고" 내가 부르자, 그는 "너는 독일 헤게모니다, 너는 대단
한 놈이야"라면서 자리에 앉았다. 그때부터 서로 왕래하는
친구가 됐지만, 그 후로는 열일곱 여자에게 전혀 관심이 없
는 듯 보였다. 그녀를 그렇게까지 좋아한 것은 아니었던 것
같고, 실은 나와 친구가 되고 싶었던 것이다. 주야는 그 이후
헤어진 부인과 같이 술을 마시러 왔는데, 그 여자 역시 일본
에서는 보기 드문 무서운 여자였다.

나는 열일곱의 여자를 떠올릴 때면, 지나가버린 나이가
무척 그리워진다. 거짓말처럼 어리석은 경험을 할 기회는 두

*약141cm.

번 다시없을 것이다. 아니, 스물여덟이라는 나이의 나는 놀

랄 정도로 어렸다.

　나는 당시 다른 여자에게 실연 비슷한 것을 당해서(그것이

명백한 실연은 아니라서 결과가 좋지 않았지만, 복잡하게 뒤얽힌 정신적

인 관계가 있었다) 열일곱의 여자에 대해서는 일시적인 감정뿐

이었지만, 그 여자는 야오야오시치八百屋お七*처럼 나를 사랑

했다. 그 여자는 아직 연애를 어떻게 하는지 잘 몰라서, 술을

좋아하는 나를 사랑한 나머지 그녀 역시 기세 좋게 술을 많

이 마셨고(항상 단숨에 들이키면, 모두 놀랐다), 우리는 술친구들의

환호 속에서 당당하게 출발해 긴자의 술집을 여기저기 돌아

다니다가 순사에게 혼나거나, 호텔이나 여관에서 취해 쓰러

졌다. 하지만 그 여자는 육체관계를 완강히 거절했다. 그녀

는 "나는 처녀가 아니에요"라며, 나에게 안겨 스킨십을 하면

서도, 그 여자는 처녀가 무엇인지 남녀관계의 마지막 단계가

무엇인지는 전혀 모르는 것 같았다. 그래서 나와 그 여자는

나카하라 주야나 오키 와이치, 니시다 요시로 같은 술친구들

의 성원을 받으며 많은 호텔을 다니며 밤을 새웠지만, 육체

---

*에도시대에 존재한 것으로 알려진 여자로 애인을 만나기 위해 방화 일으
켜 화형을 당한 소녀. 일본의 문학 작품과 가부키 등에서 주인공으로 다
뤄지고 있다.

관계는 전혀 없었다. 생각해 보면, 전쟁이 끝난 뒤에 나타난 자유분방한 여자들 중에는 이렇게 아무것도 모르는 여자들이 의외로 많이 있었던 것이 아닐까 생각했다. 그리고 이렇게 아무것도 모르는 여자들이 외형적으로 무모한 짓을 하는 것이 아닐까.

내가 교토에서 '눈보라 이야기'를 집필하고 있을 때, 같은 또래였던 하숙집 딸이 교토에서 유명한 불량소녀로 탈선하기는 했지만, 솔직하고 착한 여자였다. 그런데 불량 중학생 세 명에게 강간을 당해 정신이 나간 후 전락하기 시작했는데, 결국 이러한 운명은 어쩔 수가 없다. 불량소녀들은 대체로 맑은 영혼을 소유하고 있지만, 배움이 부족해 한번 전락하기 시작하면 그 끝을 알 수 없다.

내 친구의 열일곱 살 딸은 결혼해서 좋은 어머니가 됐을 것이다. 그녀는 프랑스 문학자의 딸로 일본 고전문학에 정통한 교양을 지니고 있어서, 나의 원고를 읽고 오탈자를 수정해 주었다. 내가 한자나 맞춤법 지식이 엉성한 탓에, 오자가 너무 많고 맞춤법을 틀려서 열일곱의 불량소녀에게 맞춤법을 배웠던 것은 매우 부끄러웠다.

나는 위가 약해서 사케나 맥주를 마시면 꼭 토를 하고 괴로워하기 때문에 가만히 마시면 더 힘들었다. 조금씩 마시고, 술집을 바꿔가면서 마시면 비교적 괜찮다. 가장 좋은 곳은 기차 식당인데, 몸이 계속 흔들려 소화가 잘되기 때문에 토를 거의 하지 않는다. 그래서 춤을 시작해 볼까도 생각했지만, 옛날 댄스홀은 술을 못 마시는 정말 이상한 곳이라서 춤을 배울 마음이 들지 않았다. 그래도 술을 마시면 움직이지 않는 것이 가장 큰 고통이었기에, 박스 스텝이라는 춤을 술집 여급에게 배웠다(4, 5일). 이것이 또한 매우 우스꽝스러운 춤으로 차라리 이시이 바쿠의 제자로 들어가는 것이 낫겠다고 생각할 정도였다.

그때는 위스키 중에서도 조니 워커의 붉은 라벨은 약이랑 비슷한 이상한 냄새가 코를 찔러서, 나는 코냑이나 올드파가 아니면 기분 좋게 취할 수가 없었다. 지금은 메탄올이라도 마실 기세로 미각이 사상보다도 타락해 버렸다. 게다가 최근에는 주량이 줄어서 빨리 취하기 때문에 토하는 것은 오히려 줄었지만, 사케와 맥주는 지금도 잘 마시지 못하고, 소주든 가짜 위스키든 메탄올 비슷한 것이든, 소량으로 취하는 알코올은 어쨌든 소중하다.

쇼와12년(1937년) 1월 혹은 2월에 있었던 일이다. 나는 갑자기 마음을 먹고, 옷을 대충 걸친 채 교토에 갔다. 오키 와이치를 찾아가 그에게 방을 구해달라고 부탁하고, 고독 속에서 소설을 쓰기로 결심한 것이었다. 그날 저녁 나는 오키의 초대를 받아 기온에 있는 찻집에서 술을 마셨다. 기온의 무희를 보러 갔는데 서른여섯 명 정도 있는 무희 중에서 스무 명 정도 봤는데, 예쁘다는 것은 말뿐 예쁘지도 않고 건방질 뿐이었다. 이야기도 하야시 조지로나 타키에 관한 것뿐이었고, 전통적인 교양이라는 것은 전혀 찾아볼 수 없었다. 열대여섯 살의 여학생들과 대화하는 것이 훨씬 청순하고 나았을 것이다. 춤도 전혀 볼품없었고, 그냥 팔을 뻗거나 뒤집거나 오므리는데, 나는 차라리 움직이지 않는 것이 훨씬 낫겠다고 생각하며 술을 마셨다.

무희 한 명이 히가시야먀에 있는 댄스홀의 댄서를 좋아했
는데 그 댄서와 춤을 추고 싶다고 해서, 우리는 자동차를 타
고 무희 네 다섯과 함께 심야의 댄스홀에 갔다. 이미 12시가
넘어 있었다. 이 댄스홀은 히가시야먀 중턱에 지어진 유일한
건물이었는데, 경치가 매우 좋아서 술을 마실 수 있게 해 준
다면, 다른 곳에서는 술을 마시지 않겠다고 결심할 정도로
훌륭한 곳이었다.

무희 한 명이 나에게 함께 춤을 추자고 했다.

"좋지"

나는 바로 대답했다. 내가 댄스홀이라는 곳에서 춤을 춘
것은 이때뿐이었다. 편한 복장을 하고 작은 무희(이 무희는 특
별히 작았다)와 함께 춤을 추었을 뿐이다.

나는 이때 취해서 몽롱한 눈으로 어떤 아름다움에 넋이
나가 있었다. 그것은 무희의 옷, 특히 다라리노오비*는 연회
석에서 춤을 추거나 재잘재잘 수다를 떨 때는 진부하고 전
혀 아름답다고 생각하지 않았는데, 댄스홀에서 사람들 사이

*무희들의 복장에 매는 특별히 긴 띠.

에 섞이자 군중을 압도할 정도로 눈에 띄었다. 댄서의 의상
은 빈약하기 그지없어 보였고, 사람들이 모두 초라해 보였
다. 전통이 가진 관록을 새삼 느꼈다. 내면이 실속 없으면 별
수 없지만, 그렇다고 해도 전통 의상을 입은 작은 무희가 군
중의 파도 속을 청초하게 헤쳐 나가는 아름다운 모습은 지금
까지도 선명하게 남아있다.

사케의 암흑시대와 〈나츠코의 사케〉

'니혼슈日本酒'라고는 하지만, 지금의 일본인 특히 젊은 사람들은 사케를 별로 마시지 않는다. 다른 술에 비해 비싼 것도 하나의 원인이지만, 한때 '맛없다', '아저씨들이 마시는 술'이라는 이미지가 강했던 것도 그 이유 중 하나다.

일본 사케의 이미지가 나빠진 것은 1970년대부터 1980년대 사이이다. 이 시기는 일본 경제가 고도성장을 이루던 때였지만, 사케의 소비량은 감소를 이어갔던 것이다. 그 이유는 아시아·태평양 전쟁까지 거슬러 올라가 볼 수 있다. 사케는 원래 쌀과 누룩, 그리고 물 만으로 만들었는데, 중국에 대한 침략 전쟁이 장기화하면서 사케의 원료인 쌀이 부족해졌다. 일본 정부는 양조 알코올을 첨가하는 것을 허용했고, 전후에는 심지어 당류나 산미료 등 첨가물까지 넣을 수 있도록 했다. 그리고 1970년대에는 첨가물이 들어간 저렴한 사케가 시장을 점령했다. 쌀과 누룩 만으로 빚었던 본래의 사케는 오히려 소수파가 되어 버렸던 것이다. 알코올을 첨가한 사케가 증가하자, '숙취가 심해서'라는 이유로 사케를 멀리하는 젊은 사람들이 늘어나면서 소비량은 점점 감소했다.

위기를 느낀 양조장 중에서 사케 본연의 맛을 되살리고자 하는 움직임이 나타난 것은 1980년대였다. 그런 분투를 그린 것이 만화 〈나츠코의 사케〉다. 환상의 쌀로 준마이슈(純米酒)를 빚겠다는 결심을 한 주인공 나츠코는 많은 고난을 동료들과 함께 극복해 나간다. 이 작품은 드라마로 제작되어 방영될 정도로 큰 인기를 얻었을 뿐만 아니라, 어려움을 겪고 있던 일본 전국의 양조장에 용기를 불어 넣었다.

21세기에 들어와서도 젊은 양조가들이 밤낮으로 기술혁신을 위해 노력하고 있다. 그 노력의 배경에는 사케의 '암흑시대'에 고군분투했던 선배들이 있었다는 것을 잊어서는 안 될 것이다.

나카하라 주야 (中原中也 1907~1937)

시인. 야마구치현 출신으로 어려서부터 문학에 재능을 발휘했다.
1934년에 시집 『염소의 노래』를 출판. 1937년 서른의 나이로
생을 마감했지만, 그가 죽은 후 동료들이 『지난날의 노래』를 출
간한다. 랭보 등 프랑스 시인의 작품을 번역하기도 했다.

사카구치 안고의 「술에 따라오는 것들」에서 알 수 있듯이 나카
하라는 술 버릇이 나쁘고 취하면 싸움을 걸어 그를 피하는 사람도
많았다고 한다. 다자이 오사무도 스승인 이부세 마스지에게 나카
하라와는 교제를 피하라는 이야기를 들었다고 한다. 한편, 하기와
라 사쿠타로는 "나쁜 술 버릇에는 많은 친구들이 곤란했다고 하
지만, 그를 그렇게 고독하게 만든 것은 주변의 책임이 없지 않다"
며, 나카하라를 옹호하기도 했다.

밤 하늘과 술집

밤 하늘은 광대했다.

그 아래 술집이 하나 있었다.

하늘에서는 별이 빛나고 있었다.

술집에서는 여자가 큰 소리로 웃고 있었다.

밤바람은 무정한 거대한 파도와 같았다.

술집 불빛은 밖으로 새어 나왔다.

나는 술집으로 들어갔다.
아마도 나는 바보 같은 얼굴을 하고 있었다.

점점 술은 올라왔다.
하지만 나는 마음껏 취할 수 없었다.

나는 나의 어리석음을 생각했다.
그렇다 해도 어찌할 수 없었다.

밤하늘은 거대했고, 별도 있었다.
밤바람은 무정한 파도와 닮아 있었다.

술은 누구든 취하게 만든다

술은 누구든 취하게 만든다

하지만 아무리 훌륭한 시도

글을 읽지 못하는 사람은 취하지 않는다

― 그렇다고 해서

술이 시보다 위라고 생각하는 놈은

'생활 제일生活第一, 예술 제이芸術第二*'라고 지껄여라

자연이 아름답다는 것은

자연이 캔버스 위에서도 아름답다는 것인가 ―

*소설가 기쿠치 간이 제시한 문학 신조. 그는 고매한 이상보다 현실 생활
을 지키는 것이 무엇보다 중요하다고 강조했다.

그것은 경험을 부정한다면
흥미로운 시는 지을 수 없을 것이다
— 하지만
'그것으로 그것을 표현해서는 안 된다'라는 말을 기억하라

과학이 개개만을 생각하고
문학이 관계만을 과도하게 생각한다
문학자여
살기 힘든 세상을 보는 것이 좋지만
그 안에 빠져서는 안된다

사사키 구니 (佐々木邦 1883~1964)

작가, 문학자. 시즈오카 출생.

이 책에 수록된 「일 년의 계획」에서도 알 수 있듯이 유머 소설 의 일인자로 활동했으며, 영화화된 작품도 다수 있다.

한편 번역가로서도 활동하며, 세르반테스 『돈키호테』와 마크 트웨인 『톰 소여의 모험』 등 세계적인 명작을 번역하기도 했다.

일 년의 계획

가타오카는 다시 금주를 결심했다.

'결심을 했으면 곧 실행하라'고 하는데, 가타오카는 바로 실행에 옮기려고 하지 않는다. 결심을 하고 실행에 옮기기까지 많은 시간이 걸린다.

"지금부터 금주를 하더라도 다음 달은 고스기 군이 유학을 가니까 송별회가 있어. 내가 가장 친한 사이라서 모임의 발기인을 도저히 피할 수가 없다구."

이런저런 핑계를 대면서 실행을 미룬다.

"당신 같은 분은 투신을 결심해도 괜찮을 것 같아요."라며 부인이 놀린다.

"어째서?"

"어째서라뇨? 이렇게 깊은 곳이라면 도저히 구조될 수 없을 것 같아,라고 먼저 생각하실 테니까요."

"그럴지도 모르지. 미련이 있는 거야. 아이가 없으니, 술이라도 마셔야 하지 않겠나."

"그러니까 꼭 술을 끊으라는 것이 아니에요. 적당히 마시면 좋잖아요?"

"그 적당히가 어려우니까 단번에 끊는다고 하는 것이지."

"그러면 끊으세요."

"끊는다고! 고스기 군의 송별회를 끝으로 딱 끊겠어."

그렇게 힘주어 말한 것은 몇 달 전의 일이지만, 고스기 군이 미국에 도착하기도 전에 술을 마셔 버려서 다시 술을 끊을 결심을 하게 된 것이다. 가타오카는 일 년에 서너 번 결심한다. 그렇게 실행 날을 정하는데 시간이 필요한 대신, 그다음은 매우 빠르다. 고작 일주일이다. 2주 이상 금주를 한 적은 없다.

하지만 이번에는 부인도 술을 적당히 마시기 어렵다는 것을 인정할 만한 이유가 있었기 때문에 더욱 간절한 태도를 취했다.

"그렇게만 결심해 주신다면, 저도 매우 안심이 되네요."

가타오카는 금주부터 금주까지 그 사이에 반드시 도랑에 빠진다. 그래서 이번에는 좀 더 공을 들였던 것이다. 투신을 결심해도 괜찮다는 것은 부인이 보장하지만, 취해서 수로에 빠지는 것은 위험했다. 깊고 얕음을 생각할 여유가 없다면 정말로 죽을지도 모른다.

"아직 결심을 한 것은 아니야."

이번에는 결심부터 시간이 필요한 것 같았다.

"지난번과 같은 일이 생긴다면, 저도 가만히 있을 수 없어요."

"나도 그 생각을 하고 있어. 정말 인적이 드문 곳이었다면 난 이미 죽었을 거야. 물에서 건져 줄 때까지 물을 꽤 마셨거든. 하지만 그때 죽었다고 하면, 앞으로의 목숨은 공짜로 얻은 것이라고도 할 수 있지."

"사람이 진지하게 말하는데, 당신은 쓸데없는 소리를 하고 계시네요?"

"마음대로 하라는 것인가?"

"아니요, 그렇게 할 수는 없어요. 당신은 좋아하는 술과 함께 죽는다면 바랄 게 없으시겠지만, 그렇게 되면 제가 곤란해져요. 저금은 변변찮고, 보험은 들어 주지도 않고, 어떻게 하시려구요? 시집가고 싶어도 서른다섯이라 받아 줄 곳도 없다구요."

"여자가 말이 많네."

"최소한 2, 3만엔 없이는 죽으면 안돼요."

"2, 3만엔 있으면 죽이겠네?"

"죽이지는 않지만, 죽어도 곤란하지는 않죠."

"돈을 대신해서 사는 꼴이군. 좋아 좋아, 조금씩 천명을 완수할 방법을 궁리해 보지. 이제는 정말 끊어볼까......"

"이번에는 꼭 끊으세요. 앞으로는 술을 원수라고 생각하자구요."

"위스키가 수로로 떠밀었다고 생각하면 원수라고 할 법도 하지만, 나는 사무라이의 후손이라서, 빨리 원수를 만나고 싶어지지."

"여전히 재미없는 농담을 하시네요. 부모의 원수라고 생각하지 않아도 돼요."

"그렇다면 인류의 원수라고 생각하지. 하지만 너의 원수를 사랑하라는 종교도 있잖아."

"어지간히 미련이 많은 분이시네요."

"미련은 있지만, 정말로 마음먹는다고, 나도 내년은 삼재야. 떨어지는 곳이 점점 위험해지니까, 이대로 가다가는 다음에는 큰 강이나 바다에 빠질게 분명해. 나 역시 목숨이 아까워. 결심한다."

"결심이 섰다면, 쇠뿔도 단김에 빼라고 하잖아요."

"뭐, 그렇게 서두를 필요는 없지. 서두르다가 일을 그르친다고."

"아니에요. 결심한 날이 길일이라고 하는데, 오늘 밤은 많이 드셨으니까 내일부터는 끊으세요."

"내일부터 끊어도 25일에는 망년회가 있다고, 망년회가.
내가 총무야."

가타오카는 또다시 핑계를 댄다. 모임에서는 꼭 총무나
발기인을 맡는다. 결국 술을 제일 많이 마신다.

결심하고 실행하기 전까지 가타오카는 이번 생에서 마시
는 마지막 술이라는 생각으로 한없이 마신다. 부인도 저렇게
좋아하는 술을 끊을 수 있을지 생각하면, 안쓰러운 마음이
먼저 든다. 사형수의 소원도 들어 주는 것이 인지상정이기
에, 기분 좋게 마시게 해 준다. 가타오카는 어쩌면 이러한 병
법을 잘 알고 있어서, 때때로 결심을 하는 것인지 모른다. 어
쨌든 망년회까지 일주일 동안 마음껏 마셨고, 망년회에서 또
실컷 마셨다. 다행히 어디에도 빠지지 않고 집에 무사히 돌
아온 것은 걸을 수가 없어서 자동차를 타고 왔기 때문이다.

"이봐, 오늘 밤은 한잔할 거야."

"당신, 약속이 다르잖아요."

다음날 저녁에 가타오카가 반주를 요구하자, 부인은 당연
히 반박했다.

"연말에는 어중간해서 안돼. 내년부터 끊을게. 올해는 어차피 마셨으니까, 이대로 끝까지 마셔버리고, 새해가 되면 깔끔하게 끊을게."

"정말 못 말릴 사람이네요."

"20년 동안 마셔온 술이야. 당장 손바닥 뒤집듯 끊어버리면 인정머리가 없지. 지금부터 마지막 날까지 아쉬움을 달랠 수 있게 해 달라고. 당신도 20년 동안 해온 화장을 끊어야 한다면, 조금은 미련이 남지 않겠어?"

그렇게 가타오카는 핑계를 댔다.

"화장이랑 술은 다르지요."

"대상은 달라도 도리는 같지. 그렇게 싫은 얼굴 하지 말고 얼른 내오라고."

"그러면 정말로 새해부터 끊으실 거예요?"

"끊는다니까! 내년은 삼재야. 마시자고 해도 안 마셔. 이번엔 진지하니까, 이렇게 신중을 기하는 거라고."

"그렇다면 올해 마지막 날까지만 드세요. 딱 그 정도 남아 있어요."

부인은 어설프게 싸워서 내년에도 마시겠다고 어깃장을 놓으면 곤란하니, 흔쾌히 반주를 허락했다.

이렇게 가타오카는 몇 일을 벌었다.

"이렇게 신중을 기하면, 미련도 없어지지."

그러면서 매일 밤, 여생을 즐겼다. 마지막 날에는 평소 좋아하는 안주를 전부 차리게 해서, 초저녁부터 자정까지 계속 마셨다.

"이것이 인생 마지막 잔이다."

막바지에 접어들었을 즈음 제야의 종이 울리기 시작했다.

"아쉬우시죠?"

부인이 웃었다.

"아니, 이번에는 결심이 굳다고. 나도 술로 오랫동안 당신을 고생 시켰지. 드디어 이 한 잔으로 영원히 술을 끊겠어. 진심을 보여주지!"

가타오카는 다 마신 잔을 내려놓고, 화로의 쇠젓가락으로 그것을 깨버렸다.

"뭐, 그렇게까지 하지 않으셔도 되지 않아요?"

"아니, 이 정도로 하지 않으면 미련이 남아. 이번에는 진심이야. 20년 동안 계속된 문제를 해결해 버려야지."

"그 정도 각오라면 괜찮을 것 같네요. 저도 안심했어요."

부인은 기뻐했다. 가타오카는 인생의 마지막 술을 마시기 위해 가장 아끼는 명품 잔을 쓴 것이었다. 그것을 깨뜨릴 만큼 성의가 있었다. 그뿐만 아니라 이번에는 결심한 날이 새해였다. 이만큼 좋은 날은 없었다.

날이 새도 가타오카의 결심은 굳건했다.

"도소주屠蘇*가 없는 새해는 처음이네요."

오히려 부인이 할 일이 없어 따분해 했다. 좋은 관습이라고 해도 결심이 약해지면 안된다면서, 주인공이 스스로 만반의 준비를 한 점은 매우 장한 일이다.

"하지만 집보다 밖이 더 중요하지. 새해에는 모든 곳에서 술을 권하니까 말이야."

가타오카는 그 점에 대해서도 이미 생각하고 있었다.

"연초에는 명함만 놔두고 금방 나오면 되지요."

"그것이 쉽지는 않지만, 결심만 굳건하면 괜찮겠지."

*설날에 무병장수를 기원하며 마시는 술.

"그래도 금주를 하기에는 시기가 가장 좋지 않네요. 3일 동안은 어디를 가셔도 술이 나올테니까요."

부인은 내심 걱정했다.

"그런 유혹이 많을 때 오히려 의지 단련이 되지."

"회사가 시작되면, 또 신년회가 있으시죠?"

"있지. 하지만 이번에는 총무가 아니야."

"새해 3일과 신년회네요."

"그렇지. 그날만 잘 넘긴다면 당분간은 편해지지. 괜찮아. 지금까지는 두려워했으니까 못했지."

가타오카는 작전을 다 세우고 있었다.

그렇게 조니雜煮*만으로 새해 아침을 맞이하고, 새해 인사를 하러 나갈 때만 해도 결심은 굳었다. 처음 두세 곳은 부인이 생각해 낸 지혜대로, 명함만 살짝 놓고 도망쳤다. 하지만 이렇게 하는 것이 조금 비겁하다는 생각이 들기 시작했을 때, 마침 술친구인 츠다 군의 집 현관에서 당사자와 딱 마주치고 말았다.

"자 올라오게. 좋은 날이라고."

*설날에 먹는 일본식 떡국.

"잠깐 실례할까."

가타오카는 담력 시험이라는 마음도 있었다.

"나이를 먹어도 새해는 좋지. 오늘은 느긋이 보내자고."

츠다 군은 벌써 술을 조금 마시고 있었다.

"색이 아주 좋군."

가타오카는 칭찬했다. 바로 금주 결심을 밝힐 생각이었지만, 상대가 거나하게 취한 것을 보고 그만뒀다.

"이른 아침부터 마음껏 마실 수 있는 것이 새해 첫날의 공덕이지. 나이만 먹는다면 기쁘지 않겠지만."

"그것도 그렇지."

"나는 방금 자네가 오는 것을 2층에서 보고 있었다네. 좋은 적수여 어서 오시게!라고 생각하면서."

"그래서 잘도 잡은 거였군."

"각오하라고. 그 대신 내일은 내가 쳐들어 갈테니까."

"기다리고 있겠네."

그렇게 담력을 시험하고 있는 사이에 츠다 부인이 상을 내왔다. 새해는 어디든 미리 준비를 해 놓으니 신속하다.

"새해 전통이지. 도소주부터 먼저 들게."

츠다 군이 명령하듯 말했다.

가타오카는 금주 발표가 늦어짐과 동시에,

'만약에 지금, 금주한다고 말해도…… 내일과 모레는 손님이 오기로 되어 있고, 그 후에 신년회라는 엄청난 놈이 기다리고 있다. 물론 결심은 확고하다. 이제 와서 뒤집을 수는 없지. 어쩔 수 없이 잠시 연기하는 거야. 새해 첫날부터 부인을 무안하게 할 수는 없지.'라고 생각했다.

그렇게 마음을 먹었기에,

"드셔 보세요."

부인이 권하자,

"감사합니다."

라며, 전혀 주저하지 않았다.

가타오카는 아침부터 갑옷을 입은 것 같은 답답함에 압도당해 있었는데, 이제는 마음이 매우 편해졌다. 새해가 새해다워졌다. 신년회까지만이라고 생각하니 양심의 가책을 느껄 필요도 없었고, 새해 인사를 하는데도 힘이 나서 서너 집을 더 돌았다. 마지막으로 사와라 군의 집을 나온 것은 밤 10시가 지나서였다.

"정류장까지 바래다줄까?"

"아니, 괜찮아"

사와라 군의 제안을 가타오카는 거절했다. 아침의 '괜찮아'와는 다른 '괜찮아'였다.

"그래도 저기 모퉁이까지 바래다줄게."

사와라 군은 책임을 느끼며 문까지 따라왔다.

"아니, 정말로 괜찮아. 내일 기다리고 있겠네. 츠다 군도 호리카와 군도 온다네. 고맙네."

그렇게 인사를 하고, 가타오카는 걷기 시작했다. 의외로 발걸음이 반듯해서 사와라 군은 안심하고 들어갔다.

가타오카는 과음을 하면 여러 가지 대담한 행동을 한다.

"이보시오. 정류장까지는 아직 많이 남았습니까?"

잠시 후, 술에 취해 비틀거리면서 지나가는 사람에게 길을 묻는 것은 그 서곡이었다.

"정류장은 저쪽이에요. 이쪽으로 가면 멀어질 뿐입니다."

그 사람은 웃으면서 가르쳐 주었다.

"먼 것은 상관없어요."

"하지만 이쪽에는 정류장이 없어요."

"없어도 괜찮아요. 같이 갑시다."

가타오카는 그 사람을 따라가 매달렸다.

"안돼요. 멀어질 뿐이라고요."

친절한 사람은 가타오카를 붙잡고, 정류장 쪽을 향해 등을 가볍게 밀었다.

"이 자식! 기억해 둬!"

가타오카는 화를 내면서,

"먼 것은 힘들지 않지만, 길이 터무니없이 넓기만 해서 곤란해."

라고 말하며, 그대로 되돌아갔다.

그 길은 실제로 매우 넓었고, 길·양쪽에 가로수가 심어져 있었다. 가타오카는 나무 한 그루 한 그루를 번갈아 가며, 도로 폭을 재면서 걸으니 길이 더욱 넓게 느껴졌다. 꽤 걸었다고 생각했는데 정류장은 쉽게 나타나지 않았다.

"넓기도 넓지만, 멀기도 멀군."

가로수 울타리에 기대서 잠시 쉬기로 했다.

"괜찮으세요?"

지나가던 사람이 다가왔을 때, 가타오카는 신음하고 있었다.

"나갈 수 없어요. 아무리 해도 나갈 수 없어요."

"나갈 수 있어요."

"아니요. 아무리 해도 나갈 수 없어요."

가타오카는 울먹이며 말했지만, 어딘가에 들어가 있는 것은 아니었다. 울타리를 붙잡고 네모 모양을 그리며 나무 주위를 빙글빙글 돌고 있었던 것이다.

"상당히 취하셨네요."

행인은 가타오카를 울타리에서 끌어냈다.

"어디 가시나요?"

"집에 가요."

"댁은 어딘가요?"

"참견하지 말아요!"

가타오카는 화를 내고, 다시 도로 폭을 재기 시작했다. 그러면서도 자연히 정류장과 가까워졌다.

"아무리 해도 지나갈 수가 없어."

그렇게 중얼거리다 멈춰 섰을 때, 가타오카는 전봇대와 눈싸움을 하고 있었다. 가타오카가 오른쪽으로 피하면 전봇대도 오른쪽으로 왔다. 왼쪽으로 빠져나가려고 하면 다시 왼쪽으로 움직였다.

"대체 몇 개가 있는 거야?"

땅바닥에 앉아 뚫어지게 노려보고 있는 사이 졸음이 몰려와 그대로 누워 버렸다. 바로 옆은 도랑이었다. 가타오카는 도랑 바로 옆까지 와 있었다.

다행히 주변을 순찰하던 경찰이 다가왔다.

"이보시오!"

가타오카를 흔들어 깨웠다.

"뭐야?"

"뭐야가 아니에요. 여기는 길이라고요."

"길이라고?"

가타오카는 하품을 했다. 꽤 오랫동안 잠들어 있었던 것처럼 보였다.

"밤이 꽤 늦었으니, 어서 댁으로 돌아가세요."

"…………"

"더 주무시면 안 돼요. 댁까지 모셔다드리죠. 어딥니까?"

경찰은 가타오카를 부축해 일으키려고 했다.

"아카사카요."

"멀군요. 전철은 끊겼어요. 어떻게 하시겠어요? 인력거를 불러 줄테니 얌전히 돌아가세요."

"갈게요."

그렇게 말하고, 가타오카는 그대로 다시 잠들어 버렸다.

새해 첫날 심야에 인력거꾼은 일을 하지 않았다. 경찰은 인력거꾼의 집 문을 두드려 깨우는데 시간이 걸렸다. 인력거꾼 역시 취해 있어서 나가기 귀찮아하는 것을 간곡히 부탁해 현장으로 데려왔는데, 가타오카는 도랑 안에서 코를 골고 자고 있었다.

"나리, 이러시면 곤란해요. 도랑에 빠져 있는 사람이라니, 이야기가 다르지 않습니까."

인력거꾼은 투덜거렸다.

"아니, 방금 전까지는 빠져 있지 않았다고. 어쨌든 끌어 올려줘."

경찰도 난처했다.

"성가신 놈이군."

인력거꾼은 혀를 차면서 가타오카를 끌어올렸다. 가타오카가 재채기를 하는 것을 보니 죽지는 않았다.

"저는 먼저 실례하겠습니다."

인력거꾼은 도망가려 했다.

"잠깐만 기다려 주게. 어떻게 안되겠나?"

"절대로 못해요. 보시는 대로 시궁창 흙투성이지 않습니까. 인력거가 더러워져서 내일 장사를 할 수가 없다고요."

"자네 쪽에 짐수레가 있지 않나?"

"있기는 하지만, 제가 아직도 짐수레를 끌 정도로 보잘것 없지는 않습니다."

"좌우지간 어떻게든 좀 해주면 안 되겠나? 보다시피 일어서지를 못하니, 이대로 내버려뒀다가는 얼어 죽는다고."

경찰이 더욱 간곡히 부탁을 하니, 인력거꾼도 결국 수락하고 말았다. 잠시 후 수레가 왔고, 가타오카는 부축을 받으면서 수레에 기어 올라갔다.

"냄새가 심하군."

"냄새가 고약하네요. 썩은 도랑이니까요."

경찰과 인력거꾼은 가타오카의 망토 자락에 손을 닦았다.

"나리, 아카사카 어느 쪽입니까?"

인력거꾼이 행선지를 확인하려고 했더니, '나리'는 주머니 속에서 연하 명함을 꺼내 흔들며 던질 정도로 정신은 들어 있었다.

"잘 좀 부탁하네."

경찰이 인력거꾼에게 말했다.

"미안하네."

가타오카는 사과를 하며 갑자기 수레 위에서 일어나 바로 앉았다.

"역시 정신을 잃지는 않았군."

경찰은 지금까지 자신을 도와준 것에 대한 인사라고 생각해 기뻤는데,

"그래도 신년회까지는 마시게 해줘."

가타오카는 부인을 생각하며 말한 것이었다.

"아이고, 이렇게 되고도 아직 술 마실 생각을 하십니까?"

인력거꾼은 웃으면서 짐수레를 들어 올렸다. 탄력을 받자 가타오카는 뒤로 넘어졌는데, 그대로 다시 잠이 들었다.

그 즈음 가타오카 부인은 하녀와 교대로 대문을 왔다갔다 했다. 저녁에 남편이 돌아오지 않았을 때, 이미 금주는 깨졌다고 예상하고 있었지만, 열 시, 열 한시가 되어도 소식이 없자 점점 불안해졌다. 그래도 초반에는 별로 대수롭지 않게 여겼다.

"키요야, 그이는 다시 도랑에 빠졌을 거야. 도랑을 그렇게 좋아하는 사람은 없으니까 말이야."

그리고 열두 시까지는, 자동차 소리가 들릴 때마다 문밖으로 나가 보았다.

"키요야, 나, 정신이 하나도 없어. 설마 수로는 아니겠지……?"

한 시가 가까워지자 부인은 더 이상은 불안해서 잠자코 앉아 있을 수가 없었다.

"정말 사람 마음도 모르고……"

큰 강에 빠진 것은 아닐까 하는 생각까지 한 것이다.

새벽 한 시 반이 되었다. 세상은 아무 소리도 없이 매우 고요했다. 더는 자동차도 다니지 않았다.

"마님! 주인어른이…… 짐수레에……"

갑자기 하녀가 문 쪽에서 큰 소리로 외쳤다.

"뭣!"

부인은 벌떡 일어났다.

"큰일 났어요."

밖에서 소리치는 인력거꾼의 목소리가 들렸다. 분명 전철에 치었을 것이라고 생각하며 달려나가 보니, 남편이 짐수레 위에서 움직이고 있었다.

"다친 곳은요?"

놀라서 큰 소리로 물었다.

"다친 곳은 없습니다. 도랑 안에서 주무시고 계셨어요."

인력거꾼은 가타오카의 목덜미에 손을 올렸다.

"어쨌든 다행이네요."

부인은 가타오카를 부축해 일으키려고 했다.

"맨손으로는 만질 수 없어요. 실지렁이가 붙어 있다구요."

인력거꾼은 거북해했지만, 부인은 가타오카가 도랑에 빠져 준 것이 그렇게 기쁠 수가 없었다.

유메노 규사쿠

(夢野久作 1889~1936)

작가 설명
66페이지 참조

논센스

필자는 술을 한 방울도 못 마시지만, 친구들은 모두 술꾼들이다. 게다가 모두 시대를 초월한 논센스吞仙士들로, 기발하고 통쾌하다는 표현을 뛰어넘는 일화를 끊임없이 제공해 줌으로써, 필자의 신경 쇠약을 잊어버릴 수 있게 해 준다.

내가 후쿠오카의 '큐슈일보사'라는 입헌민정당立憲民政党 계열의 신문사에 있었을 때, 직원 중에서 술을 마시지 않는 사람은 나 혼자였다.

나와 함께 지역판 편집을 했던 마쓰이시라는 사내는 월말이 가까워지면 빛바랜 갈색 밀짚모자를 들고 회사를 한 바퀴 돈다. 1전을 넣는 사람도 있고, 10전 넣는 사람도 있다. 운 좋게 하라카와 사장(구 민정계 의원)을 만나 50전을 넣어 주기라도 하면 감격의 눈물을 흘리며 돌아온다.

당연히 그 돈으로 술을 마시러 간다. 술을 마시지 않으면 머리가 이상해져 일을 할 수 없으니, 어쩔 수 없는 자선 모금이라고 한다.

어느 날 마쓰이시 군은 지폐 세 장 정도 되는 돈을 모아, 집으로 가는 길에 있는 우동 가게에 들러 술을 많이 마셨다. 옆자리에서 술을 마시고 있던 회사원 같은 사람과 친해져서 간담상조하며, 죽을 때 함께 죽자라는 말까지 나누기에 이르렀다. 오늘은 우리 집에 가자며 곤드레만드레 취한 그를 끌고 집으로 갔다. 마중 나온 아내에게 남은 잔돈을 내던지며, 당장 술을 사 오라고 시키고 2층으로 올라갔다.

그리고 2층에서 다시 술을 많이 마시고 노래하며, 생사를 함께 하기로 맹세를 하다가 결국 취해 둘 다 쓰러져 잠들었다.

다음날 아침, 마쓰이시가 잠에서 깼을 때 모르는 남자가 옆에서 자고 있었다.

'대체 어느 여관에서 자버린 거야……'

그렇게 생각하며, 천장과 도코노마床の間*를 둘러보니, 틀림없는 자신의 집이었다. 마쓰이시 군은 놀라서 1층으로 뛰어 내려갔다. 부엌에서 아이를 업은 채 차에 밥을 말아 먹고 있는 아내를 붙잡고 따져 물었다.

"2층에 있는 남자는 도대체 뭐야?"

아내도 놀랐다.

"……어머, 여보 기억 안 나세요?"

"몰라, 저런 놈……"

"어머, 어제 밤에 당신이 친구야 친구라며 데리고 와 2층에서 술을 드셨잖아요. 그리고 사이좋게 서로 끌어안고 주무셨잖아요."

"말도 안 되는 소리 하지 마. 난 오늘 처음 봤는데."

아내는 놀라며 얼굴이 창백해졌다.

"전혀 기억이 안 나요?"

"응, 전혀……"

이런 대화를 나누는 사이 마쓰이시는 점점 지난밤에 일어

*일본식 방의 상좌(上座)에 바닥을 한층 높게 만든 곳. 벽에는 족자를 걸거나, 바닥에는 꽃이나 장식물을 꾸며 놓는다.

난 일들이 기억나자, 자신도 모르게 머리를 긁적이며 얼굴을 붉혔다.

"큰일이네요, 당신도…… 아직 자고 있는 거죠?"

"응. 눈을 절반 정도 뜬 채 입을 벌리고 기분 좋게 자고 있어."

"뭐해요, 빨리 깨우지 않고? 벌써 10시란 말이에요."

"아니, 내가 가면 상황이 우습잖아. 당신이 가서 깨우고 와 줘."

"싫어요, 말도 안 되는 소리 말아요."

"그런데 저 사람이 일어나야 내가 2층에 올라갈 수 있다구. 옷도 담배도 모두 2층에 있단 말이야."

"정말 난처하네요."

"정말 난처하군."

그러는 사이 2층 남자가 일어났는지 쿵쿵대는 소리가 들리기 시작했다. 그러더니 갑자기 벼락같은 소리를 내며 단숨에 사다리 계단을 뛰어내려 왔다. 그는 현관에서 서둘러 신발에 발을 구겨 넣고는 허겁지겁 집 밖으로 나가 순식간에 자취를 감췄다.

부부는 눈을 크게 뜨고 서로를 쳐다봤다. 둘은 배꼽을 쥐고 깔깔 웃었다.

"다행이네요, 호호호호"

"하하하하, 살았다. 저 사람도 황당했을 거야."

"그것보다 빨리 2층에 가 봐요. 뭔가 없어진 것은 없는지……"

마쓰이시의 낡은 밀짚모자는 그날부로 새것으로 바뀌었다. 지난밤의 친구가 잘못 가져가 버렸기 때문이라고 했다.

***

회사 동료 중에 구니하라 산고로라는 사람이 있다. 여기에 준사원이라고 할 수 있는 이모쿠라 나가에 화백을 더하면, 고금의 명콤비인 야지키타弥次喜多* 이상으로 대참사를 연출한다.

다이쇼大正 몇 년이었는지는 기억나지 않지만 1월 3일, 구니하라가 프록 코트를 입고 새해 첫 출근을 했는데, 왼쪽 손등에 엄청난 붕대를 감고 있었다. 거기에는 새까만 피가 번

*에도시대 문학 작품에 나오는 콤비.

져 말라붙어 있었다. 매우 아파 보였다.

"무슨 일이야? 새해부터……"

내가 물어보니 구니하라는 술에 통통 부어 있는 요괴 같은 검붉은 얼굴을 매만졌다.

"아니, 어제 사장님 집에서 한잔 하고 돌아가는 길에 이모쿠라 나가에가 기분이 좋다면서 여기를 문 거야. 나를 서양 귀부인으로 착각하고 키스하려는 줄 알았는데, 너무 아파서 업어치기로 내던져 버렸어. 아직 욱신욱신한데 오른손이 아니라 다행이야."

구니하라는 눈물을 글썽였다.

그때 당사자인 이모쿠라 나가에 화백이 송장처럼 창백한 얼굴로 스님 두건에 회색 승려복 같은 옷을 입고 멍한 상태로 출근했다. 그는 위쪽 앞니 두 개가 뿌리까지 똑 부러져 있어서 묘하게 쓸쓸한 얼굴을 하고 있었다. 나는 놀라며,

"엄청 심하게 물었나 보군."

라고 위로해? 줬더니 나가에 화백은 점점 더 멍하고 쓸쓸한 얼굴을 한 채 눈을 깜빡거렸다.

"아니, 이건 언제 맞았는지 기억이 안 나요."

점잔?을 빼는 것을 옆에서 구니하라가 끼어들었다.

"응, 그건 내가 알고 있지. 내가 너를 던졌더니, 너는 더 기분 좋다면서 옆에 있던 전봇대를 물었어. 그때 전봇대에 박힌 철사에 앞니가 걸려 부러졌지! 나는 너의 열정적인 모습을 감탄하면서 보고 있었다고."

이런 이야기.

순간, 나는 술이 마시고 싶어졌다. 여태껏 한 번도 전봇대에 매달릴 정도로 기분이 좋은 경험을 해 본 적이 없었으니까……

스스키다 규킨

(薄田泣菫 1877~1945)

후쿠오카현 출생. 초기에는 시인으로 활동하면서, 『봄이 간다』 『백양궁』 등의 작품으로 높은 평가를 받았다. 그 후 오사카마이 니치신문사에 입사하여 1915년부터 마이니치신문에 수필 「차 이 야기」 연재를 시작. 이 수필은 매체를 바꿔 가면서 1930년까지 총 811회 발표했다. 또한, 아쿠타가와 류노스케와 기쿠치 칸 등 차기 문학자들에게 발표 기회를 부여하며, 신인 발굴이라는 측면 에서도 일본 문학계에 큰 공적을 남겼다.

술

조금 전에 일어난 일이다.

K라고 하는 젊은 법학사가 밤이 깊어지자 한 요리집을 나왔다. 술을 좋아하는 데다가 술보다 좋아하는 기생을 상대로 저녁부터 늦은 밤까지 마셨으니 거나하게 취해 있었다.

가로등도 없는 어둠 속에서 K는 자신의 바로 코앞에 마르고 키가 큰 남자가 길을 가로막고 서 있는 것을 보았다. K는 술에 취한 사람이 자주 하는 것처럼 공손히 모자를 벗어 인사를 했지만, 상대방은 아무런 반응이 없었다. K는 살짝 화가 났다.

"자, 비켜요, 비켜! 새로운 법학사님이 나가신다."

K는 풀린 눈으로 노려보며 고함을 질렀지만, 상대방은 꿈쩍도 하지 않았다.

걸핏하면 싸우려 드는 K는 갑자기 주먹을 휘둘러 상대의 머리를 세게 내리쳤다. 하지만 상대방은 아무 느낌도 없다는 듯 K를 내려다보며 히죽히죽 웃고 있었다. 젊은 법학사는 모욕을 당했다며 몹시 흥분했다.

"이 자식, 가만두지 않겠어!!"

K는 갑자기 양팔을 벌리고 맹렬히 달려들어 있는 힘껏 박치기를 했다. 법률 조문으로 가득 차 있을 머리속은 의외로 텅 비어 있는 듯 통조림의 빈 깡통을 던졌을 때 나는 '캉'하는 소리가 났다.

K는 뇌진탕으로 그 자리에서 쓰러져 죽고 말았다. 상대는 여전히 꿈쩍하지 않았다. 움직이지 않는 것은 당연했다. 상대는 무신경한 전봇대였고, 술에 취한 K는 어둠 속에서 그것을 사람이라고 착각해 싸움을 했던 것이다.

K의 어머니는 아들을 아오야마青山의 묘지에 묻었는데, 아들이 매일 밤 꿈에 나타나 머리 방향이 틀리다고 했다. 어머니는 인부를 구해 묘를 파보니, '캉' 소리가 났던 머리는 남쪽을 향해 묻혀 있었다. 어머니는 눈물을 흘리면서 방향을 바꿔 묻어 줬고, 그 후로 다시는 꿈에 나타나지 않았다고 한다.

다자이 오사무

(太宰治 1909~1948)

작가 설명
14페이지 참조

금주의 마음

나는 술을 끊을 생각이다. 요즘 술은 사람을 너무나도 비굴하게 만든다. 옛날에는 술로 이른바 호연지기를 길렀다고 하지만, 지금은 그저 정신을 천박하게 만들 뿐이다. 나는 지금 술을 극도로 증오한다. 적어도 장래성이 있는 인물이라면, 이 기회에 결단코 술잔을 분쇄해야 한다.

평소에 술을 즐겨 마시는 자, 정신이 얼마나 인색하고 하찮아지고 있는가, 배급되는 한 되의 술병에 눈금을 15등분하여 긋고, 매일 정확히 한 눈금씩 마시고, 가끔 도를 넘어 두 눈금을 마실 때는 한 눈금 분량의 물을 넣어서 병을 눕힌 채로 안아 진동을 주면서, 술과 물 이 둘의 화합 발효를 꾀하는 등 실로 실소를 금치 못한다. 그리고 배급받은 3홉의 소주에 주전자 가득 엽차를 붓고, 그 갈색 액체를 작은 잔에 따라 마시면서, '이 위스키에는 찻 줄기가 서 있다*, 유쾌하다'라며 허영을 부리며 호방하게 웃어 보이지만, 옆에 있는 아내는 전혀 웃지 않으니, 더욱 비참한 풍경이다. 또한 옛날에는 저녁 반주를 마시고 있을 때 친구가 멀리서 불쑥 찾아오면, 이야, 딱 좋을 때 와 주었네, 마침 술 상대가 필요했던 참이야, 아무것도 없지만, 어떤가? 한 잔, 그리하여 순식간에 활기가 넘친 적도 있었지만, 지금은 매우 음산하다.

"이봐, 그러면 슬슬 저 눈금 하나를 시작할 테니 현관 문을 닫고 열쇠를 걸어 잠궈, 그리고 덧창도 닫아 버려. 사람들이 보고 부러워하면 곤란하니까."

한 눈금의 저녁 반주를 부러워할 사람은 아무도 없는데, 정신적으로 인색하고 소심해져 있어서, 그야말로 '풍성학려風聲鶴唳'에도 놀라고, 밖에서 나는 발소리에도 일일이 가슴이

---

*일본에서는 차 안에 넣은 찻잎 중 줄기가 세로로 떠 있으면, 이를 행운의 징조로 여겼다.

철렁 내려앉으며, 어쩐지 큰 죄라도 지은 것만 같은 기분이 들면서, 세상 사람들 모두가 나를 원망하는 것 같은 말 할 수 없는 공포와 불안과 절망과 울분과 원성과 기도와, 실로 복잡한 심경으로 방의 불빛을 어둡게 해 놓고 움츠리고 앉아, 술을 홀짝홀짝 핥듯이 마시고 있다.

"실례합니다."

사람 목소리가 현관에서 들려왔다.

"왔구나!"

제대로 태세를 갖추고, 이 술을 빼앗길 수는 없다! 병은 찬장에 숨겨 놔, 아직 두 눈금이 남아 있어, 내일과 모레 마셔야지, 이 술병에도 아직 세 잔 정도 남아 있는데, 이것은 잘 때 마셔야 하니까, 술병은 이대로, 이대로, 만지면 안 돼, 보자기라도 덮어 둬, 그러면 실수는 없을까, 그러면서 눈을 부릅뜨고 방 안을 둘러본 뒤, 갑자기 간사한 목소리로,

"누구세요?"

아아, 쓰면서도 토할 것 같다. 인간이 이래서는 다 틀렸다. 호연지기고 나발이고 다 소용없다. '달이 뜬 밤, 눈 내린 아

침, 꽃 밑에서, 한가로이 이야기하며 술잔을 손에 들면, 모든 즐거움을 더하는 일이다*'라는 옛사람들의 고상함을 조금은 배워, 반성하도록 노력해야 한다. 그렇게까지 술을 마시고 싶을까. 이글거리는 석양을 맞으며, 땀은 폭포처럼 흘리며, 수염을 기른 멋진 남자들이 비어홀 앞에서 바른 자세로 줄을 서서, 때때로 발돋움해 비어홀의 둥근 창문을 통해 내부를 들여다보고, 고개를 가로저으며 한숨을 내쉰다. 순서가 좀처럼 돌아오지 않는 것 같다.

안은 사람들로 빼곡하다. 팔꿈치를 부딪혀 가며, 서로 옆 손님을 견제하면서 지지 않으려고 큰소리로, '여그 맥주 빨리, 여그 맥주'라며 도호쿠 지방 사투리를 쓰는 사람도 있고, 왁자지껄, 겨우 맥주 한 잔을 받아 들고, 거의 무아지경이 되어 술을 다 마시려는 참에, 까무잡잡한 피부에 눈 빛이 심상치 않은 다음 손님이 실례한다는 말도 없이, 나를 의자에서 밀쳐내고 끼어드는 것이다. 이럴 땐 어리둥절해 하며 퇴장을 해야 한다. 기분을 다잡고, 좋아, 다시 한번, 그러면서 문밖의 긴 줄 끝으로 가서 다시 순서를 기다린다. 이것을 세 번,

*일본 고유의 서정시인 와카(和歌)의 작가인 요시다 겐코(1283~1352, 추정)의 수필 『쓰레즈레구사(徒然草)』 175단의 일부.

네 번 정도 반복하자, 몸도 마음도 모두 지쳐서, 아아 취한다,라며 힘없이 중얼거리면서 귀갓길에 오른다.

국내에 술이 극도로 부족한 것은 절대로 아닐 것이다. 최근에 술을 마시는 사람들이 많아진 것이 아닐까 생각한다. 조금 부족하다는 소문이 도니까 지금까지 술을 마신 적이 없었던 사람까지, 좋아, 지금 한 번, 그 술이라는 것을 마셔 놓자, 뭐든지 경험해 보지 않으면 손해지, 실행하자,라는 이상하고 너무나도 소인배적인 탐욕 정신에서, 배급되는 술도 일단 받아 놓자, 비어홀이라는 곳에도 한 번 돌격해서, 부대껴 보고 싶다, 뭐든지 져서는 안되지, 오뎅집이라는 데도 한 번 가보고 싶고, 카페라는 곳도 이야기는 들어봤지만, 어떤 곳인지, 늦기 전에 꼭 실험을 해 보고 싶다,라는 시시한 향상심에서, 어느새 술꾼이 되어, 돈이 없을 때는 한 눈금의 술을 아까워하며, 찻 줄기가 선 위스키에 기뻐하면서, 이제는 끊을 수 없게 된 사람들도 꽤 많은 것이 아닐까, 나는 생각한다. 어쨌든 소인배는 구제할 길이 없다. 가끔 술집에 가봐도, 싫은 일들이 너무 많다. 손님들의 천박한 허영과 비굴함, 술집 주인의 오만과 탐욕, 아아 더 이상 술은 싫다,라며 갈 때마다 나는 매번 금주를 결심하지만, 아직 때가 되지 않은 것인지, 여전히 실행에 옮기지 못하고 있다.

가게에 들어간다. "어서 오세요."라는 말과 함께 가게 점원이 웃는 얼굴로 맞이해 주는 것은 옛말이다. 지금은 손님이 먼저 웃는다.

"안녕하세요"

손님이 가게 주인이나 여종업원에게, 만면에 비굴한 웃음을 띠면서 인사하고, 그리고 묵살당하는 것이 관례가 된 것 같다. 정중하게 모자를 벗어 인사를 하고, 주인을 '주인 양반'이라 부르며, 생명 보험을 권유하러 온 것 같은 신사도 있지만, 이 사람도 분명히 술을 마시러 온 손님으로, 그 또한 묵살당하는 것이 관례가 된 것 같다. 심지어 더 정중한 놈은 들어오자 마자, 가게 안 카운터 위에 놓여 있는 화분을 만지작거리기 시작했다.

"안되겠네. 물을 좀 줘야겠어."

주인 들으라는 듯이 중얼거리면서, 스스로 세면대의 물

을 두 손으로 떠와서 정성스럽게 화분에 뿌린다. 동작만 커서 나무에 닿는 물은 고작 두세 방울이다. 주머니에서 가위를 꺼내, 싹둑싹둑 가지를 자르고, 가지를 가지런히 정돈한다. 나무 가게를 하는 단골인가 했더니 그건 아니다. 뜻밖에도 은행의 임원이라고 한다. 술집 주인의 기분을 맞추기 위해 일부러 주머니에 가위를 숨겨 가져왔겠지만, 고심한 보람도 없이, 역시 주인한테 묵살당한다. 소소한 재주도 화려한 재주도, 갖은 수단을 다해도, 전혀 도움이 되지 않는다. 하나같이 차갑게 묵살당한다. 하지만 손님은 묵살에도 꿋꿋이, 어떻게든 한 병이라도 더 마실 수 있기를 바라는 마음에, 결국에는 자신이 술집 관계자도 아무것도 아니면서, 가게에 누군가 들어오면, 일일이 "어서 오세요"라고 외치고, 그리고 누군가 가게를 나가면, 반드시 "감사합니다"라며 큰소리로 외친다. 명백한 착란, 발광 상태다. 정말로 안쓰럽다. 주인은 홀로 차분히,

"오늘은 도미 소금구이가 있어요."라고 중얼거린다.

한 청년은 당장 탁자를 두드리면서,

"고마워요! 엄청 좋아하는 거예요. 잘 됐다!"

속마음은 조금도 좋지 않다. 비싸겠네. 나는 지금까지, 도미 소금구이 따위는 먹어본 적이 없다. 하지만 지금은 매우 기쁜 척을 하지 않으면 안 된다. 괴로운 일이다, 빌어먹을! "도미 소금구이라면, 참을 수가 없지."

정말로, 참을 수가 없다.

다른 손님들도, 여기서는 물러설 수 없다. 너도 나도 한 그릇에 2엔짜리 도미 소금구이를 주문한다. 이것으로 어떻게든 한 병은 마실 수 있다. 하지만, 주인은 무자비하다. 잠긴 목소리로 "돼지고기 조림도 있어요."

"뭐라고? 돼지고기 조림?" 노신사는 방긋 웃으며, "기다리고 있었습니다."라고 말한다. 하지만 마음 속에서는 입을 다물고 있다. 노신사는 이가 좋지 않아 돼지고기는 아예 씹을 수가 없기 때문이다.

"다음은 돼지고기 조림이라고? 나쁘지 않군. 주인장 감각이 좋아."라는 속이 빤히 들여다 보이는 어리석은 아첨을 하면서, 서로 뒤지지 않으려 다른 손님들도 한 그릇에 2엔짜리 수상한 조림을 주문한다. 그런데 이 정도에서 주머니 사정을 걱정하며 낙오하는 자도 있다.

"나는 돼지고기 조림, 필요 없어요."라며 의기소침해서, 기어들어 가는 작은 목소리로 말하고, 자리에서 일어나면서 "얼마죠?"라고 묻는다.

다른 손님들은 이 불쌍한 패배자의 퇴진을 바라보면서, 바보 같은 우월감에 들먹들먹 들떠서,

"아아, 오늘은 많이 먹었네. 사장님, 뭐 더 맛있는 것 없어요? 한 그릇 더 줘요."라며 얼빠진 소리까지 지껄인다. 술을 마시러 온 것인지, 요리를 먹으러 온 것인지 헷갈리는 것 같다.

술은 정말로 요물이다.

미즈모리 가메노스케

효고현 출생. 오사카의 의과대학을 중퇴한 후 도쿄로 건너가 다야마 가타이의 제자로 들어갔다. 그 후 편집자로 활동하면서 작가로서 본격적으로 활동을 시작했다. 순수문학뿐만 아니라 소녀문학과 동화 작품도 썼다. 제2차 세계대전 후에는 주로 수필가로서 활동했다.

술이 생각 날 무렵

나는 벌써 이십사오 년째 술을 즐겨오고 있다. 가끔 적당히 술을 끊어야 한다고 생각하지만, 좀처럼 끊을 수가 없다. 나는 특별히 술을 찬미하지는 않지만, 그렇다고 해서 건강을 매우 신경 쓰거나 도학자처럼 쓸데없이 이렇다 저렇다 이유를 대며 해악을 설파할 마음도 없다. 어느 쪽인가 하면, 둘다 찬성하지 않는다.

인간의 몸이라고 하는 것은 이치대로 가는 것은 아니다. 어떤 사람에게는 독이 되기도 하지만 어떤 사람에게는 약이 되기도 한다. 대체로 모든 것이 그렇다. 몸은 어떻게든 칼로리를 섭취해야 한다고 한들, 누구나 그런 것은 아니다. 술도 좋아하는 사람은 마시면 되고, 몸에 나쁘다고 생각하는 사람은 관두면 된다. 자유롭게 마음 가는 대로 한다면, 불평과 잔소리를 할 이유는 전혀 없을 것이다.

그런데 나는 어떠한가 하면, 술을 즐기는 것은 하나의 취미가 되었다. 육체적인 면보다 정신적인 양식이 되었다고도 할 수 있다. 나는 지금까지 얼마나 술을 통해 성격을 도야하고 훈련하며, 변해 왔는지를 생각하면, 속으로 "술이 없었더라면, 어땠을지" 감사하고 싶을 정도다. 쓸모없는 허영심과 수치심을 버릴 수 있었던 것도, 약하고 비굴한 정신을 다잡을 수 있었던 것도, 천진난만하게 스스로의 사상과 감정을 표현하는 습관을 형성할 수 있었던 것도, 또한 대인 관계에서 쓸데없는 고집으로부터 해방된 것도 모두 술이 준 선물이다.

***

· 술이 없는 사교는 얼마나 숨 막히고, 여유가 없으며, 가시

가 돋아 있는가.
· 술 한 잔 즐기지 못하는 가장이 있는 가정은 얼마나 무미
  건조한가.
· 떡이나 소다수로 인생과 사회를 논하는 사람들은 얼마나
  따분할까.
· 술을 모르는 사람과 함께 하는 여행은 얼마나 쓸쓸한가.

"평소 술을 별로 하지 않는 자가 가끔 약간의 술이라도 마
시면, 오히려 정신이 번쩍 들 것이다. 평소 건강하던 사람이
병에 걸리면 정신이 오히려 번쩍 드는 것과 비슷하다. 여자
는 젊었을 때를 잊지 못한다는 말도 있지만, 평소에는 생각
지도 않았던 사람까지 생각나거나, 맺어지지 않았던 사람을
생각하거나, 혹은 젊은 옛 시절을 되돌아보면서 현실의 쓸쓸
함을 느끼게 되는 것도 그런 마음이 들 때일 것이다."
  이는 〈도손藤村 수필집〉에 수록된 문장이다. 취했을 때 오
히려 깨어있는 듯한 경험은 나 역시 몇 번이나 했다. 평소에
는 부지런히 일하며 속세에 빠져 있지만, 술잔을 들고 있을
때 비로소 모든 것을 잊고 인간 본연의 모습으로 돌아와 많

은 일들에 대해 곰곰이 생각할 수 있게 된다.

"여자는 술을 조금 마시면 좋다."

이는 사쿠마 쇼잔이 시집가는 딸에게 보낸 편지 속의 문구인데, 이 역시 도손이 쓴 글이다. 상당히 멋진 표현이다.

* * *

사이토 모키치 씨도 〈사상〉 8월 호에서 '골계가요사초滑稽歌謠私鈔'라는 글에도 인용한 것으로 기억하지만, '만엽집万葉集'에서 오토모노 다비토가 쓴 술에 관한 시를 나는 항상 즐겨 읊는다. 이태백의 시와는 다른 색다른 멋과 정치를 맛볼 수 있다. 골계 따위보다도, 그 품격이 그리워진다.

· 술의 이름을 성인이라고 지은 옛 대성인의 말은 얼마나 적절한가.

· 7인의 옛 현자들도 원했던 것은 술이라고 한다.

· 어중간한 사람보다는 술 항아리가 되면 좋을 텐데. 그렇

게 술에 스며들자.

· 아아 추하다. 똑똑한 척하면서 술을 마시지 않는 사람을
  보면, 원숭이랑 비슷하구나.

· 쓸데없는 소리를 하지 않고 잘난 척하는 것은 술에 취해
  우는 것에 미치지 못하는구나.

***

나는 지금 위장병을 앓고 있다. 그런데 술에 대해 써야 하
다니, 어쩌면 이렇게 얄궂고 잔혹한가.

특색있는 양조가들

가업으로 대대로 술을 빚어 온 양조장의 경우, 대부분은 자녀들이 대를 잇는다. 그들은 대체로 도쿄농업대학 등의 양조과에서 양조학을 공부한 후 다른 양조장 혹은 사케 판매점에서 일한 후에 본가로 돌아가 가업을 잇는다. 하지만 그중에는 색다른 사례도 있다.

도치기현의 센킨주조의 장남인 우스이 가즈키는 양조장을 잇겠다는 생각이 없었고, 한때 와인 소물리에를 목표했다. 와인 강사로 일하고 있었을 때, 한 일본 사케의 맛에 충격을 받았다. 그 사케와 비교해 본가의 사케는 너무 맛이 없었던 것이다. 우스이는 그 길로 본가로 돌아가 젊은이들이 좋아할 만한 상큼한 맛의 사케를 만드는 데 성공했다. 그 사케는 많은 사랑을 받으며 일약 인기 사케에 등극했다. 고정관념에 얽매이지 않고 새로운 관점에서 한 시도가 오히려 전통을 이어간 것이다.

또한 양조장과 전혀 관계없던 사람이 양조장을 이어간 사례도 있다. 평소 사케를 좋아했던 야자와 마사히로는 한 식당에서 처음 본 사케를 마시고, 그 맛에 큰 감동을 받았다. 그 사케는 후쿠시마현 후지이주조의 '난고南郷'였다. 식당에 올 때마다 난고를 맛있게 마시는 야자와에게 주인은 "양조장 대표의 처남을 만나 볼래요?"라고 제안했다. 그렇게 야자와는 직접 대표와도 만날 기회를 얻었는데, 그 자리에서 의외의 제안을 받았다.

"그렇게 사케를 좋아한다면, 직접 만들어 보겠어요?"

마침 그 당시 후지이주조의 대표는 사케 소비량이 급감하면서 위기감을 느끼고 있었다고 한다. 이대로 가면 아들에게 물려주기 전에 양조장이 사라질지도 몰랐다. 후계자를 빨리 찾아야 한다고 생각하고 있었을 때 난고를 각별히 좋아하는 야자와 씨를 알게 되었고, 그에게 양조장의 미래를 맡기기로 했던 것이다. 후지이주조는 야자와주조로 이름이 바뀌었고, 난고가 더 많은 사람들에게 사랑받을 수 있도록 연구를 거듭하고 있다.

사카구치 안고

(坂口安吾 1906~1955)

작가 설명
76페이지 참조

니가타의 사케

니가타에 갈 일은 거의 없지만, 얼마 전에 무라야마 세이지*의 개인전이 니가타신문 건물에서 열렸을 때, 나는 3주 정도 니가타에 머물렀다. 전시회보다 여기저기 술을 마시러 다니기 바빠서 마치 장사를 하러 온 것 같았지만, 놀란 사실은 니가타의 사케가 싸고 맛있다는 것이다. 노점에서 파는 술조차 맛있다. 와다 나루아키**의 안내로 '오키나'라는 요리집에서 술을 많이 마셨을 때는 요리집 사케의 훌륭함에 깜짝 놀랐다. 우리가 생각하기에는 기쿠菊나 사쿠라桜 혹은 하

---

* 사카구치 안고의 친척.
** 사카구치 안고의 매형.

쿠타카白鷹, 게다가 순수한 키잇본生一本*이려니 생각했는데,
물어보니 그것은 지자케地酒** '아사히야마朝日山'였다.

  최근 몇 년 사이, 니가타의 '지자케 홍보 특별 판매'라는
것이 때때로 도쿄에서 열린다. 오랫동안 오키나의 아사히야
마를 잊지 못했던 나는 술친구 열댓 명을 기다리게 해 놓고
판매점으로 달려가 한 되들이 다섯 병을 사서 의기양양하게
돌아왔다. 마셔보니 달기만 할 뿐, 마실 수 없을 정도로 전혀
맛이 없는 사케였다. 엄청난 혹평을 받았다.

  이번 정월에 고다지마 와타로***씨가 아사히야마 말 통
하나를 보내줬다. 기대하지도 않았는데, 마셔보니 아주 맛있
었다. 특별 판매점에서 팔았던 아사히야마의 독한 맛은 나지
않았다. 1원 70전이라는 가격 때문인지 모르겠지만, 추측하
기로는 판매점의 아사히야마는 이류품이라는 생각밖에 들
지 않았다.

  5년 전, 교토에 한 달 정도 지내면서, 교토에 있는 술친구
를 따라 나다灘로 술을 마시러 갔다. 나다를 일주일 동안 돌
아다녔다. 사케의 본고장인 나다에서 마시는 사케는 싼 대신

---

* 사케의 유명 산지인 나다灘 지역의 단일 양조장에서 빚은 사케를 가리킴.
** 각 지역에서 생산되는 사케.
*** 사카구치 안고의 매형.

에 교토, 오사카나 도쿄에서 마시는 사케보다 맛이 한 단계 떨어졌다. 전부터 고베에 있는 '다누키'라는 오뎅집의 기쿠마사무네에 관한 명성을 들어서 직접 가 봤지만, 이것도 도쿄의 기쿠마사 빌딩과 오카다의 기쿠마사에 비하면 맛이 떨어진다. 대신 값이 싸다. 이른바 이류품 사케일 것이다. 생각건대, 나다에서는 가장 좋은 사케를 교토, 오사카, 도쿄 등 도시로 보내고, 지역에는 이류품 사케로 변통하는 것 같다. 직접 마시러 간 사람은 낭패를 보지만, 장사하는 입장에서는 이렇게 하는 것이 더 현명하다.

오자키 시로 씨가 매달 술값이 너무 많이 든다는 고민을 털어놔서, 매형인 코손紅村 무라야마 마사오 씨가 고시노쓰유越の露의 양조장을 하고 있는데, 전부터 지인들에게는 한 말을 10엔에 준다는 이야기를 들어서 소개해 줬다. 이것이 좋다는 소문이 나서, 오자키와 함께 술을 마신 동료들이 너도나도 소개장을 써달라고 찾아왔다. 지자케 홍보에는 큰 공헌이 되었겠지만, 나로서는 매형이 손해 보는 것이라서 자랑만 할 수는 없다.

　술꾼은 맛을 위해서는 비교적 가격에 담백하다. 도쿄로 가져와서 1원 70전의 싼 가격에 판매를 한다고 해도, 맛이 없다면 소용이 없다. 오히려 평가를 떨어뜨릴 뿐이다. 1원 70전이라면 도쿄에서도 마실 수 있는 사케는 있다. 니가타의 사케를 마시고 싶으면, 니가타로 오라고 하는 것은 곤란하다. 비싸더라도 월등히 좋은 고급 사케를 판매점에 내놓는 편이 나을 것이다.

일본 사케의 대표 생산지

사케는 일본 전역에서 만들어지고 있다. 냉장 기술의 발달로 지금은 가고시마와 오키나와 등 따뜻한 지역에서도 사케를 생산할 수 있게 되었다. 사케의 생산으로 유명한 지역은 효고현의 나다灘(고베시와 니시노미야시 사이)와 교토의 후시미伏見다.

나다는 에도시대 때부터 사케의 생산지로 명성을 떨치고 있다. 그 이유로는 미네랄이 풍부한 좋은 물이 있고, 지리적으로 양질의 쌀을 수확할 수 있으며, 또한 고베는 해상 교통의 거점으로 지금은 도쿄가 된 에도로 신속하게 사케를 보낼 수 있었기 때문이다. 이 같은 역사적 배경을 가진 나다에는 대형 양조회사가 여러 곳 있다. 사카구치 안고가 맛있는 사케를 마셨을 때, '나다의 사케'라고 착각한 데는 이런 이유가 있었다.

또한 후시미도 나다와 어깨를 견주는 사케의 명산지로,

나다(灘) · 후시미(伏見) · 니가타(新潟)

대형 양조회사가 많다. 후시미의 물은 비교적 미네랄이 적어 '여자 사케女酒'라고 불리는 부드러운 맛이 특징이다. 한편, 강한 맛이 나는 나다의 사케는 '남자 사케男酒'라고 불린다.

1980년대 들어와 사케의 명산지로 명성을 떨친 곳은 니가타新潟현이다. 니가타의 사케는 '염려신구淡麗辛口*'로 표현되는 깔끔한 맛이 특징이다. 양조장의 수는 전국에서 가장 많으며, 그중에는 한국에도 많이 알려진 '핫카이산八海山'과 '쿠보타久保田'도 니가타의 사케다.

최근에는 그 밖의 지역에서도 사케를 전면에 내세우며 관광 산업 활성화에 활용하고 있다. 일본 여행을 간다면, 전국적으로 유명한 사케만이 아니라 그 지역을 대표하는 사케를 마셔 보기를 추천한다. 그 지역의 특색 있는 사케를 맛볼 수 있다면, 여행의 즐거움은 배가 될 것이다.

*부드럽고, 깔끔하게 쌉쌀한 맛을 특징으로 하는 사케를 묘사하는 표현.

스스키다 규킨

(薄田泣菫 1877~1945)

작가 설명
136페이지 참조

음주가

카타야마 쿠니카 박사가 유명한 금주론자인 것을 모르는 사람은 없다. 박사의 말에 따르면, 불량소년, 백치, 소매치기 같은 부류의 사람들은 대부분 술꾼의 자식으로 태어났으며, 세상에 술이 없었다면 천국은 손에 닿을 수 있는 곳까지 끌어당길 수 있다고 했다.

이미 돌아가신 우에다 빈 박사 같은 분은 술이 몸에 나쁘다는 것은 알고 있었다. 하지만 정신적으로 큰 도움을 준다는 것은 부정할 수 없었다. 자신은 육체와 정신 중 말할 필요도 없이 정신을 사랑하기 때문에 술을 끊을 수 없다고 입버릇처럼 말하고는 했다.

금주론자인 카타야마 박사의 아들인 의학사 쿠니유키 씨는 아버지와 달리 별난 술꾼으로, 술만 있으면 천국 따위는 전당포에 넣어 놓아도 된다며 매일 술을 들이부으면서 태평한 소리를 하는 성격이다.

아버지인 박사도 아들에게는 아무 말도 못했다고 한다.

"나는 나, 아들은 아들이다. 아들 한 명이 술을 마신다고 해도 내가 두 명을 금주 시킨다면 벌충할 수 있다."

그러면서 자신의 아들은 단념하고, 금주 전도를 게을리하지 않았다.

그런데 쿠니유키 의학사는 최근 갑자기 술을 딱 끊고 술을 입에 대지도 않았다. 그의 술친구가 이유를 따져 묻자 선교사 같은 창백한 얼굴로,

"우선 술은 몸에 나쁘니까. 그리고……"

말을 아꼈다.

"그리고…… 무슨 일이야?"

친구가 다그치자 의학사는 처마에 앉아 있는 비둘기와 '세상' 사람에게 들리지 않게 갑자기 목소리를 낮춰,

"아버지가 저렇게 금주론자인데, 아들인 내가 주정뱅이어서는 체면이 서지 않으니 말이야."

라고 말하면서, 몹시 풀이 죽어 있었다고 한다.

금주론자들에게 고한다. 조금은 쓸모가 있다. 술꾼 중에서도 쿠니유키 의학사와 같은 효자도 나오는 세상이다.

다자이 오사무

（太宰治

1909~1948）

작가 설명
14페이지 참조

작가 설명
14페이지 참조

술의 추억

술의 추억이라고 해도, 술이 추억한다는 의미는 아니다. 술에 관한 추억, 혹은 술에 관한 추억 및 그 추억을 중심으로 한 과거 나의 여러 생활 모습에 관한 추억이라는 의미지만, 그러면 제목이 너무 길고, 짐짓 자랑하는 것 같은 아니꼬운 느낌의 제목이 되는 것을 우려해, 임시로 〈술의 추억〉으로 해 둔 것뿐이다.

나는 요즘 몸 상태가 별로 좋지 않아서, 용하게도 잠시 술을 멀리해 왔지만, 문득, 그것도 한심하게 느껴져 집사람에게 사케를 따뜻하게 데워 오라고 해서 작은 술잔에 따라 홀짝홀짝 2홉 정도 마셔 봤다. 그리고 나는 엄청난 감탄에 사로잡혔다. 사케는 따뜻하게 데워서 작은 술잔에 조금씩 마셔야 한다. 당연하다. 내가 사케를 마시기 시작한 것은 고등학교 때였는데, 사케는 너무 쓰고 냄새가 강해서 작은 잔으로 조금씩 마시는 것조차 너무 힘들어서, 큐라소, 페퍼민트, 포트와인 따위의 술잔을 폼 잡은 손에 들고 입으로 가져가, 조금씩 핥는 종족의 남자였다. 그리고 사케 병을 줄 세워 놓고 떠드는 학생들에게 혐오와 모욕과 공포를 느꼈다. 아니, 정말이다.

머지않아 나도 사케에 익숙해졌지만, 그것은 게이샤芸者와 놀이를 할 때 무시당하고 싶지 않다는 일념으로, 쓰다고 생각하면도 홀짝홀짝 마셨고, 그러고 나서 반드시, 벌떡 일어나서, 바람처럼 화장실로 달려가, 눈물을 흘리며 토하고, 어쨌든, 꼭 신음하면서 토하고 나서 게이샤가 감을 깎아 주면 창백한 얼굴을 하고 먹으면서, 그렇게 점점 사케에도 익숙해졌다는, 너무도 한심한 고행 끝의 결실이었던 것이다.

작은 잔으로 조금씩 마셔도, 이렇게 과격해진다. 하물며, 컵 사케, 히야자케冷酒*, 맥주와 짬뽕을 하게 되면, 이는 거의 전율하는 자살행위와 완전히 같은 것이라고 나는 생각했었다.

옛날에는 자작하는 것도 별로 품위 있는 행동이 아니었다. 반드시 술을 일일이 따르게 했다. "사케는 자작하는 것이 제일인 것 같아요." 따위의 말을 하는 남자는 좀 거칠고 야비한 인물로 여겼다. 작은 잔에 든 술을 단숨에 들이켜도 주위 사람들이 놀라고, 하물며 자작을 하며 두세 잔을 벌컥벌컥 연거푸 들이키기라도 하면, 일단 그 사람은 자포자기한 주정꾼으로 여겨져, 사교계에서 추방을 당하는 쓰라린 경험을 하게 된다.

작은 잔으로 두세 잔만 마셔도 그런 소동이 일어나기 때문에, 컵이나 사발에 술을 마시면 그야말로 신문에 나올 법한 큰 사건이었다. 이는 신파극의 절정에서 자주 사용됐다.

"언니! 마시게 해줘! 제발 부탁이야!"

* 상온 혹은 차갑게 해서 마시는 사케를 가리킴.

정부와 헤어진 젊은 게이샤는 술이 든 사발을 들고 몸부림을 친다. 언니 게이샤는 그렇게는 할 수 없다는 듯 그 그릇을 빼앗으려고 또한 몸부림을 친다.

"알았어, 고우메, 네 마음은 알아, 그래도 이러면 안돼! 사발주 소동이라니, 나를 죽이고 마시라고!"

그렇게 둘은 서로 부둥켜안고 운다. 그리고 극에서는 이 부분이 가장 손에 땀을 쥐게 하는 전율을 느끼고 흥분하는 장면이 된다.

이것이 히야자케가 되면 더욱더 처참한 장면이 연출된다. 고개를 떨군 지배인은 얼굴을 들어 사모님 쪽으로 살짝 다가가서 목소리를 낮추고 조용히 말한다.

"말씀 좀 드려도 될까요?"

무언가 결심을 한 듯하다.

"그래, 말해요. 뭐든지 말해 줘요. 어차피 나는 저런 일에는 질려 있으니까."

어느 남자의 나쁜 행실에 대해 그의 어머니와 가게 지배인이 걱정하고 있는 장면인 것 같다.

"그렇다면 말씀드리겠습니다. 놀라지 마세요."

"괜찮다니까!"

"저 도련님이 늦은 밤에 부엌에 숨어 들어와서, 저, 히야자케를……"

말이 끝나기도 전에 지배인은 갑자기 엎드려 울고, 사모님은 "꺅!" 하며 소스라친다. 찬바람 소리의 음향효과.

히야자케는 대부분 너무나도 처참한 범죄로 취급받았던 것이다. 하물며, 소주 따위는 괴담 외에는 나오지 않는다.

빠르게 변화하는 세상이다.

내가 처음 히야자케를 마신 것은, 아니, 강제로 마시게 된 것은 평론가 후루야 츠나타케 군의 집에서였다. 아니, 그전에도 마신 적이 있었을지 모르지만, 그때의 기억이 이상하게 선명하다. 당시 나는 스물다섯 살이었던 것으로 기억하는데, 후루야 군과 그의 동료들이 함께하는 '가이효海豹'라는 동인지에 참가했고, 후루야 군의 집을 사무실로 사용했기 때문에 나도 자주 놀러 가서 후루야 군의 문학론을 들으며, 후루야 군의 술을 마셨다.

그때의 후루야 군은 기분이 좋을 때는 몹시 좋았지만, 나쁠 때는 심하게 나빴다. 초봄의 저녁으로 기억하는데, 내가 후루야 군의 집으로 놀러 갔더니 후루야 군은,

"자네, 술 마실 거지?"

라며, 깔보는 듯한 말투로 내게 말을 해서 화가 치밀었다. 무엇보다 나만 항상 얻어먹은 것은 아니었다.

"그런 식으로 말하지 말게."

나는 억지로 웃으면서 말했다.

그러자 후루야 군도 살짝 웃으면서,

"어쨌든, 마실 거지?"

"마셔도 좋아."

"마셔도 좋다가 아니지. 마시고 싶은 거지?"

후루야 군은 그때 조금 집요한 면이 있었다. 나는 그냥 돌아갈까 생각했다.

"이봐."

후루야 군은 아내를 불렀다.

"부엌에 아직 5홉 정도 사케가 남아있을 거야. 가져와. 병

째로도 괜찮아."

나는 조금 더 있기로 했다. 술의 유혹은 무서운 것이다. 부인이 사케가 '5홉' 정도 들어 있는 됫병을 가져왔다.

"따뜻하게 데우지 않아도 될까요?"

"상관없어. 그 찻잔에 따라줘."

후루야 군은 매우 거만한 자다.

나도 몹시 화가 나 있어서 아무 말도 하지 않고 술을 단숨에 들이켰다. 내가 기억하는 한 이것이 태어나서 처음으로 히야자케를 마신 경험이었다.

후루야 군은 팔짱을 끼고 내가 마시는 것을 빤히 쳐다보면서, 내가 입고 있는 옷을 품평하기 시작했다.

"여전히, 좋은 속옷을 입고 있군. 그런데 자네는 일부러 속옷이 보이도록 옷을 입는데, 그건 아주 나쁜 버릇이야."

그 속옷은 고향에 계신 할머니가 물려주신 것이다.

나는 더 기분이 나빠져서 생전 처음 마셔 본 히야자케를 혼자 따라서 연거푸 벌컥벌컥 마셨다. 전혀 취하지 않았다.

"히야자케는 이거 뭐 물이랑 똑같잖아. 전혀 아무렇지도 않아."

"그럴까? 곧 취할걸세."

순식간에 5홉을 마셔버렸다.

"돌아가겠네."

"그래? 배웅은 하지 않겠네."

나는 혼자서 후루야 군의 집을 나왔다. 나는 밤길을 걷는데 너무나 슬퍼져서 작은 목소리로,

나는

팔려가는데

오카루의 노래를 불렀다.

갑자기, 정말로 너무나 갑자기, 취기가 올라왔다. 히야자케는 확실히, 물이 아니었다. 심하게 취해서, 갑자기, 머리 위에서 거대한 회오리가 일더니, 나의 다리는 공중에 떠서 둥실둥실 안개 속을 헤치듯이 걷다가 결국 넘어져,

나는

팔려가는데

작은 목소리로 중얼거리며 일어났다가 다시 넘어지고, 세

상이 나를 중심으로 걷잡을 수 없는 속도로 회전하고,

나는

팔려가는데

　모기 소리처럼, 초라하고 가냘픈 나의 노래소리 만이 아득히 구름 저 멀리서 들려오는 것 같은 마음으로,

나는

팔려가는데

　다시 넘어지고, 다시 일어나서, 그 '좋은 속옷'도 온통 진흙투성이가 되었고, 신발을 잃어버려 버선발로 전철을 탔다.

　그 후로 나는 지금까지 아마도 몇백 번, 몇천 번이나 히야자케를 마셨지만, 그렇게 심하게 취한 적은 없었다. 히야자케에 관한 잊을 수 없는 그리운 추억이 하나 더 있다. 그 일을 이야기하기 위해서는 잠깐 나와 마루야마 사다오 군과의 교우 관계를 설명해 둘 필요가 있다.

　태평양 전쟁이 한창이던 초가을 즈음이었던 것 같은데, 마루야마 사다오 군은 다음과 같은 내용의 편지를 보냈다.

　꼭 한번 방문하고 싶은데 괜찮겠는가, 그리고 그때 나와

한 사람을 더 데려가고 싶은데, 그와도 만나주겠는가?

나는 그때까지 마루야마 군과는 한 번도 만난 적도 없었으며, 서신을 교환한 적도 없었다. 하지만 유명한 배우인 마루야마 군의 이름은 익히 들어서 알고 있었고, 그리고 무대에 선 모습도 본 적이 있었다. 나는 언제든지 오세요,라고 답장을 썼고 우리 집까지 오는 길의 약도도 덧붙였다.

며칠 후, 마루야마입니다,라며 무대에서 들어본 적이 있는 특색 있는 목소리가 현관에서 들려왔다. 나는 일어나서 현관으로 나갔다.

마루야마 군 혼자였다.

"다른 분은요?"

마루야마 군은 미소를 지으며,

"아니, 그것이 이 녀석입니다."

보자기에서 토미 위스키 각병을 한 병 꺼내 현관 마루 위에 올려놓았다. 세련된 사람이라며, 나는 감탄했다. 그 당시는 아니, 지금도 그렇지만 토미 위스키는커녕, 소주조차도

제힘으로는 좀체 손에 넣을 수가 없었다.

"그리고 이건 조금 쩨쩨한 이야기 같지만, 술을 절반만 오늘 밤에 둘이서 마시기로 하면 좋겠습니다."

"아, 그래요?"

절반은 다른 곳에 가져가는 것이겠지. 이런 고급 위스키라면, 당연한 일이지, 나는 바로 수긍하고,

"어이."

아내를 불러서,

"빈 병을 가져다줄 수 있나?"

"아니요, 그게 아닙니다."

마루야마 군은 당황하며,

"절반은 오늘 밤 여기서 둘이서 마시고, 절반은 댁에 놓고 가려고 합니다."

나는 마루야마 군을 더욱더 세련된 사람이라고 신음할 정도로 감탄했다. 보통은 술 한 되를 들고 친구 집에 찾아간다면 그것은 친구와 함께 모조리 먹어치울 작정을 한 것이고, 또한 친구도 당연히 그렇게 생각한다. 심지어는 맥주를 두

병 정도 가져가서 우선 그것을 마시고, 절대로 부족할 것이기에 주인 쪽에서 무언가 마실 것을 꾀어내는 이른바, 새우로 도미를 낚는 방식도 때때로 행해지고 있다.

어쨌든 나에게 이런 우아하고 예의 바른 주객의 방문은 처음이었다.

"그렇다면 오늘 밤에 같이 전부 다 마셔버리죠."

나는 그날 밤, 정말 즐거웠다. 마루야마 군은 지금 일본에서 자신이 신뢰하는 사람은 당신뿐이니 앞으로도 친하게 지내자고 말했고, 나는 기분이 좋아져서 꼴사나울 정도로 몸을 뒤로 젖히며, 우쭐해진 마음에 이 사람 저 사람을 큰 소리로 욕하기 시작하자 점잖은 마루야마 군은 약간 말이 없어지더니,

"그러면 오늘은 이 정도하고 돌아가 보겠습니다."

라고 말했다.

"아니, 안돼요. 위스키가 아직 조금 남아 있어요."

"아뇨, 그것은 남겨 두세요. 나중에 남아 있는 것을 알았을 때는 그것도 나쁘지 않거든요."

고생을 많이 해본 사람처럼 말했다.

나는 마루야마 군을 기치조지 역까지 배웅하고 돌아오는 길에 공원 숲속을 헤매다가, 큰 삼나무에 너무 심하게 코를 부딪히고 말았다.

다음날 아침, 거울을 보니, 보기 싫을 정도로 코가 빨갛고 커다랗게 부어 있어서 우울한 기분으로 식탁에 앉았을 때, 집사람이 물었다.

"어떻게 할까요? 식전 술은요? 위스키가 조금 남아 있어요."

살았다. 과연, 술은 조금 남겨 둬야 하는 것이다. 대단하다, 마루야마 군의 배려. 나는 마루야마 군의 다정한 인격에 완전히 심취했다.

마루야마 군은 그 후로도 우리 집에 종종 속달 우편을 보내거나, 직접 나를 데리러 와서 맛있는 술을 마음껏 마실 수 있는 다양한 곳으로 데려갔다. 점점 도쿄에 대한 공습이 심해졌지만, 마루야마 군의 술집 초대는 변함없이 이어졌고, 그리고 나는 이번에는 꼭 내가 계산을 하려고 방심하지 않고 있다가 술집 카운터로 달려가도, 항상 "아닙니다, 마루야마 씨가 먼저 계산하셨습니다."라는 답이 돌아올 뿐, 결국 내가 한 번도 계산하지 못하는 추태를 부렸다.

"신주쿠의 아키타를 아시죠? 거기에서 오늘 밤에 마지막 서비스가 있다고 합니다. 가 봅시다."

그 전날 밤, 도쿄에 야간 소이탄 대공습이 있었고, 마루야마 군은 추신구라의 습격처럼 어마어마한 복장을 하고 나를 데리러 왔다. 마침 그때 이마 하루베 군도 오늘이 마지막일지도 모른다며 우리 집에 철모를 메고 놀러 와 있어서, 나와 이마 군은 솔깃한 이야기라며, 투지를 불태우며 마루야마 군과 함께했다.

그날 밤, 아키타에는 단골손님이 스무 명 정도 있었다. 아키타의 여주인은 오는 손님들 앞에 아키타 산의 맛있는 사케 됫 병을 한 병씩 척척 내놓았다. 그렇게 호사스러운 술자리는 없었다. 한 명이 됫 병 술을 한 병씩 끌어안고 각자 큰 컵에 따라서 벌컥벌컥 마셨다. 안주도 커다란 그릇에 가득 담겨 있었다. 스무 명 가까운 단골손님들은 모두 명성이 높다고 해도 결코 과장이 아닐 정도로, 그야말로 역사적인 대주가들이었지만, 술을 전부 마시지 못하는 모양이었다. 나는 당시에는 히야자케든 뭐든 많이 마실 수 있는 야만인으로 전락해 있었지만, 7홉 정도 마시자 괴로워져서 그만 마셨다. 아키타산의 사케는 알코올 도수도 꽤 높았던 것 같다.

"오카지마 씨는 보이지 않네."

단골 중 누군가가 말했다.

"그게, 오카지마 씨의 집이 말이야, 어제 공습으로 몽땅 타버렸어요."

"그렇다면 올 수 없겠지. 안됐군, 흔치 않은 이런 좋은 기회에……"

이런 이야기를 나누고 있는데, 얼굴은 그을음투성이에 매우 더러운 옷을 입은 한 중년 남성이 허겁지겁 가게 안으로 들어왔다. 그 사람은 바로 오카지마 씨였다.

"와아, 어떻게 잘도 왔군!"

모두들 놀라며, 감탄했다.

그때의 이상한 술자리에서 가장 취하고, 가장 볼 만한 추태를 부린 사람은, 나의 벗 이마 하루베 군이었다. 나중에 그가 보낸 편지에 따르면, 그는 우리와 헤어진 뒤에 눈을 떠보니 길가였으며, 게다가 철모도 안경도 가방도 모조리 사라져 알몸에 가까운 모습이었고, 심지어 몸 전체에 타박상을 입고 있었다고 한다. 그리고 그는 그날이 도쿄에서 마신 마지막 술로, 며칠 후에는 소집 영장이 나와서 배를 타고 전쟁터로 끌려갔다.

히야자케에 관한 추억은 이 정도로 하고, 다음은 짬뽕에 관해서 조금 이야기하려고 한다. 이 짬뽕이라고 하는 것 또한 지금은 일반적인 것이 되어 있어서 아무도 이를 무모하다고 생각하지 않게 된 모양이지만, 내가 학생이었을 때는 이 또한 매우 용감한 행동으로, 웬만한 호걸이 아닌 이상 이를 감행할 용기는 없었다. 내가 도쿄의 대학에 입학해 고향 선배를 따라 아카사카에 있는 요정에 간 적이 있었는데, 그 선배는 권투 선수로 중국, 만주를 오랫동안 전전해서인지 겉보기에도 다부진 대장부였는데, 그 선배는 자리에 앉자마자 여급에게 매우 으스대며 말했다.

"사케도 마시지만, 사케랑 같이 맥주를 가져와 주게. 짬뽕하지 않으면 나는 취하지 않거든."

그렇게 사케를 한 병 마시고 다음은 맥주, 그리고 다시 사케를 마시는 식으로 번갈아 가면서 마셨다. 나는 호방하게 마시는 그의 모습에 겁이 나서, 작은 잔으로 홀짝거리며 조금씩 마셨다. 그는 잠시 후 "나라를 떠날 때는 옥색 피부, 지금은 창상도상"이라는 마적馬賊의 노래를 불러댔고, 나는 더욱 겁이 나서 전혀 취할 수가 없었던 기억이 있다. 그리고 그가 짬뽕해서 마신 후 "이봐, 소변 보고 올게."라며 큰 몸을 휘청거리며 일어서는, 작은 산과 같은 뒤태를 곁눈으로 봤을 때는 외경에 가까운 마음까지 들어, 무심코 작은 한숨이 흘러나왔다. 그러니까 당시 일본에서 짬뽕을 감행하는 인물은 무엇보다 영웅호걸에 한정됐다고 해도 과언이 아니었다.

그런데 지금은 어떠한가. 히야자케도, 컵 사케도, 짬뽕도 상관없다. 그냥 마시면 되는 것이다. 취하면, 그것으로 된 것이다. 취해서 눈이 멀어도 상관없다. 취해서 죽어도 상관없다. 카스토리 소주라는 뭐가 뭔지 알 수 없는 기괴한 술까지

나와 있고, 신사도 숙녀도 입이 삐뚤어지도록 술을 퍼붓는 꼴이다.

"히야는 몸에 독이에요."

라며, 서로 끌어안고 우는 연극은 이제는 관객들의 비웃음을 살 것이다.

최근 나는 몸이 좋지 않아서 아주 오랜만에 작은 술잔으로 일급주─級酒*라는 것을 조금씩 마시며, 이런 급격한 변화에 대해 생각하니, 나의 몸이 돌이킬 수 없을 정도로 나빠졌다는 사실을 새삼 느끼며 망연자실했다. 동시에 세상 풍습의 엄청난 변화가 무서운 악몽이나 괴담처럼 느껴져서, 너무나 소름이 끼쳤다.

---

* 당시에는 사케의 등급에 따라 세금을 메기는 제도. 이는 맛의 정도를 나타내는 것은 아니다. 1992년에 폐지되었다.

도요시마 요시오 (豊島与志雄 1890~1955)

소설가, 번역가, 대학교수. 후쿠오카현 출생. 도쿄제국대학(현, 도쿄대학) 재학 중에 아쿠타가와 류노스케 등과 문예잡지 〈신사조〉(3차)를 창간. 소설가로서 집필 활동을 하면서, 도쿄의 명문 대학에서 교편을 잡았다.

번역가로서도 활동했으며, 특히 빅토르 위고의 『레미제라블』과 로맹 롤랑의 『장 크리스토프』 번역은 높은 평가를 받았다.

본 작품에서도 알 수 있듯이 다자이 오사무와 친분이 있었고, 다자이는 도요시마의 집을 자주 방문했다. 도요시마는 다자이의 장례위원장을 맡았다.

다자이 오사무와 보낸 하루

쇼와 23년(1948년) 4월 25일 일요일 오후, 전화가 왔다.

"다자이인데요, 지금부터 찾아뵈도 될까요?"

목소리의 주인공은 다자이 본인이 아니라 '사짱'이다. 사짱은 우리끼리 부르는 호칭이고, 본명은 야마자키 토미에다.

보통 일요일에는 나를 찾아오는 손님은 없다. 다자이와 느긋하게 시간을 보낼 수 있겠다고 생각했다.

잠시 후, 둘이서 왔다. 생각해 보면, 다자이의 집은 미타카에 있고, 우리 집이 혼고에 있으니 시간적으로 계산해 보면 오차노미즈 근처에서 전화를 걸었던 것 같다. 찾아가도 되는지 물어본 것은 형식적인 예의로, 실은 내가 집에 있는지 없는지를 확인한 것이 아니었을까.

"오늘은 푸념을 하러 왔습니다. 제 푸념을 좀 들어 주세요"

다자이는 말했다.

그가 이런 말을 한 것은 처음이었다. 아니, 그는 좀처럼 이런 말을 하는 남자가 아니었다. 마음속에 어떤 고민 있어도 사람들 앞에서는 쾌활한 척하는 것이 그의 성격이다.

나는 그의 일에 관한 이야기를 들었다. 절반 정도 완성했다고 한다. 그는 그때 〈전망展望〉에 연재하는 소설 '인간실격人間失格'를 집필 중이었다. 치쿠마쇼보筑摩書房의 후루타 씨의 도움으로 아타미에 가서 전반부를 썼고, 오미야에 가서 후반부를 썼는데, 그 중간에 아타미에서 돌아온 후에 우리 집을 찾아온 것이었다. 나중에 나는 '인간실격'을 읽고, 그곳에 드리워진 어두운 그림자에 감명을 받았다. 그 어두운 그림자가 다자이의 마음속에 깊이 쌓여 있었던 것이다.

그런데 푸념을 하러 왔다면서, 그것으로 충분했는지, 다자이는 푸념다운 말은 전혀 하지 않았다. 그리고 바로 술을 마셨다.

소수의 예외는 있지만, 우리 문학자들은 대부분 술을 많이 마신다. 문학이라는 일은 자신과 자신의 몸을 난도질해야 하는 일이 많아 견디지 못해 술을 마신다. 혹은 머릿속, 마음 속에 무언가 좋지 않은 앙금이 쌓여서, 그것을 청소하기 위해 술을 마신다. 다자이도 그랬다. 게다가 다자이는 무모할 정도로 자유분방하게 삶을 사는 것처럼 보이지만, 한편에는 매우 쑥스러워하거나 부끄러워하는 부분도 있었다. 입을 열면 타협하는 말은 못하고, 솔직한 속내를 토로하게 되고, 그것을 반사적으로 부끄러워한다. 그리고 그 부끄러움을 감추기 위해 술을 마신다. 사람을 만나면 술 없이는 이야기를 잘 나누지 못한다. 그런 점에서, 그러니까 그는 이중으로 술을 마셨다. 다자이를 만날 때, 나 역시 술이 없으면 불편했다.

때마침 집에 술이 조금 있었다. 하지만 집 근처에 있는 자유판매를 하는 술은 금방 동이 난다*. 술을 구하기가 매우 어

---

* 당시에는 술의 배급제도가 남아 있었고, 자유롭게 판매되는 술은 한정적이었다.

렵다. 다자이는 사짱에게 귓속말을 해서 전화를 걸게 했다. 일요일이라 어떨까 싶었지만, 그리 멀지 않은 곳에 우리 모두 친한 치쿠마쇼보와 야쿠모서점八雲書店이 있다.

"여보세요? 저는 사짱……"

사짱은 스스로를 그렇게 부른다. 다자이 씨가 토요시마 씨 집에 왔는데, 술을 구할 수 없는지 부탁한다. 술값은 원고료에서 빼 달라고 한다. 두 곳 모두 당직 직원이 있었다. 야쿠모에서 고급 위스키 한 병을 가져왔고, 저녁이 되자 치쿠마에서도 고급 위스키 한 병을 우스이 군이 직접 가져왔다.

원래 다자이는 대접하는 것을 좋아하지, 대접받는 것을 싫어한다. 명문가 집안에서 나고 자란 타고난 심성 때문일까. — 일찍이 생가와는 이른바 의절하고, 원고도 별로 팔리지 않아 가난에 허덕이던 시기에, 다자이는 상당히 굴욕적인 경험을 했을 것이다.

내가 다자이와 친해진 것은 최근의 일이지만, 우리 집에 와도 그는 항상 나에게 대접을 하려고 했다. 가난한 나에게 부담을 주고 싶지 않다는 배려심도 있었을 것이다. 나이가 많은 나에게 예를 갖춘다는 마음도 있었을 것이다. — 그가 편하게 신세를 진 것은 아마도 죽은 후에도 그의 신세를 지게 된 세 출판사, 신초新潮와 치쿠마, 그리고 야쿠모가 아니었을까.

그날도 다자이는 사케를 모아 주었다. 뿐만 아니라 사짱을 시켜 여러 가지 음식을 사 오게 했다. 내 딸은 결혼한 후에도 함께 살았는데, 당시 병으로 누워 있던 딸을 위해서도 버터나 통조림 등을 사 오게 했다.

신기한 것은 닭 요리였다. 오래전에 다자이가 왔을 때 나는 그의 앞에서 닭을 요리한 적이 있었다. 암수를 구분할 수 없는 조금 이상한 닭으로, 자궁도 고환도 적출하지 않은 상태여서 다 같이 큰 소리를 내며 웃었다. 이렇게 잔인한 일을 다자이는 싫어할 것이라고 생각했는데, 의외로 그가 흥미를 가졌고, 그 후 다른 곳에서 닭은 직접 집도해 주변을 온통 피투성이로 만들었다고 한다. 나는 그 일을 알고 있었고, 지난번의 실패를 만회하고 싶어서 닭 한 마리를 통째로 사 오게해 식탁 위에서 능숙하게 해부해 보였다. 그런데 그 닭은 산란 직전의 알을 하나 품고 있었고, 아직 껍질이 부드러운 큰 알이 하나 나와서, 나도 다자이도 몹시 당황했다.

술자리에서도 문학을 논하는 것은 다자이도 나도 싫어했다. 정치적인 시사 문제도 재미없었다. 이야기는 저절로 천지자연, 즉 산천초목에 대한 것이 주가 되었다. 예전에 다자이와 근처를 산책하면서, 참새 둥지가 있던 은행나무 주변을 지나간 적이 있었다. 지금은 그 주변이 전쟁으로 불타버렸지만, 예전에 그 은행나무에서 수백 수천 마리의 참새 떼가 지저귀는 소리에 주변 사람들은 새벽부터 잠에서 깼다고 한다. 은행나무가 다섯 그루 나란히 서 있다고 내가 말하자, 다자이는 세 그루밖에 보이지 않는다고 지적했다. 다시 보니 그의 말대로 세 그루처럼 보였다. 도요시마 씨의 이야기는 완전히 엉터리예요, 다섯 그루라고 했는데, 뭐예요 세 그루밖에 없어요,라며 다자이는 큰 소리로 웃었다. 술에 취하면 그는 입버릇처럼 이 이야기를 했다. 암수 구분도 안된 닭 이야기도, 술 취한 그의 입버릇이었다. — 그런 이야기로, 그날도 평소처럼 크게 웃었다. 가슴속에 근심이 있을 때는 이처럼 별것 아닌 것으로 웃는다.

　밤에 우스이 군이 와서 꽤 떠들썩해졌다. 나는 이미 꽤 취해 있어서, 무슨 이야기를 나눴는지 기억이 나지 않는다. 다만, 나의 술 버릇이 눈앞에 있는 사람을 욕하고, 그것을 안주로 삼는 경우가 많기 때문에, 어쩌면 우스이 군에게 무례한 말을 했을지도 모른다. 우스이 군은 술을 잘 마시지만 별로 취하지 않는다. 적당히 마시고 돌아갔다.

　다자이도 나도 술을 꽤 마셔서 지쳐 있었다. 다자이는 비타민B1 주사를 맞았다. 몇 번 피를 토하기도 했고, 실은 체력이 많이 약해져 있어서 평소에 비타민제를 먹거나 주사를 맞고 있었던 것이다. 주사는 사짱의 몫이었다. 용감하게 빠르게 해치운다. 비타민B1은 앰플 속의 액체가 변질되지 않도록 산성으로 되어 있어서 상당히 아프다. 사짱이 주사를 놓자, 다자이는 아프다며 얼굴을 찡그렸다.

　"내가 한번 놔볼게. 아프지 않게 놔 주겠네."

　피부에 바늘을 찌르고, 매우 천천히 약을 주입했다.

　"어때? 아프지 않지?"

"네."

다자이는 끄덕였다.

그때 나는 마지막에 갑자기 세게 주사했다.

"앗, 아파요!"

그리고 크게 웃었다.

사짱은 용감하게 주사를 놓지만, 그 외의 다른 일에는 다자이를 지극히 섬긴다. 다자이가 아무리 제멋대로 굴고, 어떤 일을 시켜도, 한 마디도 거절하지 않는다. 다자이가 시키는 대로 움직인다. 뿐만 아니라 적극적으로 세심하게 배려하면서 그를 돌봐 준다. 혹시라도 문틈으로 바람이 들어오면, 그 바람이 다자이에게 가지 않도록 한다. 그야말로 절대적인 봉사다. 집 밖에서 일하는 습관이 있는 다자이에게 사짱은 가장 완벽한 시녀이자 간호사였다. — 집안일은 미치코 부인이 잘 지켜 준다. 다자이는 일만 하면 되는 것이었다.

그렇기 때문에 우리는 다자이와 사짱 사이에 애욕적인 모습은 전혀 느끼지 못했다. 우리는 둘 사이에 어떤 순결함마저 느꼈다. 이런 느낌은 틀리지 않았다고 나는 믿는다. 그래서 나는 걱정 없이 둘을 한 방에 묵게 했던 것이다. — 그날 밤도 우리 집에서 잤다.

다음날 아침, 평소에는 모든 일을 사짱에게 시키는 다자이가 어찌 된 일인지 직접 밖으로 나갔다. 한참 후에 그는 꽃다발 하나를 들고 돌아왔다. 흰 꽃이 풍성한 강인한 꽃대를 중심으로 붉은 작약 두 송이가 아름답게 곁들여져 있다.

"어때? 이건 내가 아니면 알 수 없지, 따님을 닮았지?"

사짱을 돌아보면서 다자이는 말했다. 멋쩍음을 감추려는 것 같았다. 이것만큼은 직접 사 오고 싶다고 생각했던 것이다. 그리고 그 꽃을 따님에게 전해 주라며 나에게 건넸다.

우리는 남은 위스키를 마시기 시작했다. 술 시중을 들어줄 여자는 한 명뿐이라서, 사짱이 다시 분주하게 움직였다. 그때 야쿠모서점에서 카메지마 군이 왔고, 치쿠마쇼보의 우스이 군도 다시 들렀다. 잠시 후, 다자이는 그들의 부축을 받고 돌아갔다. 양복에 무거워 보이는 군화, 기운은 있는 것 같았지만 뒷모습은 왠지 지쳐 보였다. 피로보다도 우울한 그림자였다.

그날 이후 나는 다자이를 만나지 못했다. 다시 만난 것은, 그의 시신이었다. ─ 죽음은 그에게는 일종의 여행과 같은 것이었으리라. 그 여행에 사짱이 마지막까지 함께해 줘서*, 나는 오히려 고맙다.

*1948년 6월 13일, 다자이 오사무는 정부 중 한 명이었던 야마자키 토미에山崎富栄와 함께 동반자살을 했다.

히야자케冷酒? 아츠캉熱燗?

일본이든 한국이든 술은 차갑게 마시는 것이라고 생각하는 사람들이 많을 것이다. 물론 무더운 여름에는 머리가 찡할 정도로 차가운 맥주 만한 것이 없다. 하지만 세상에는 상온으로 마시는 것이 더 맛있는 맥주도 있고, 이는 오히려 훨씬 오랜 역사를 갖고 있다.

다자이 오사무의 〈사케의 추억〉 속에서 나온 것처럼, 사케는 본래 따뜻하게 데워서 마시는 술이었다. 이런 술을 일본어로 아츠캉熱燗이라고 한다. 16세기에 일본에 온 포르투갈 선교사 프로이스는 일본인들은 일 년 내내 술을 데워 마신다고 기록했다. 이런 습관은 다자이가 살았던 20세기 전반까지 일본에서는 상식이었다.

사케를 따뜻하게 마시면, 특유의 풍미가 보다 돋보이면서도 복잡하고 다양한 맛을 느낄 수 있다. 인간의 미각은 체온에 가까울수록 맛을 더 잘 느낄 수 있기 때문이다. 그리고 체

202

온에 가까울수록 잘 흡수되기 때문에 적절한 속도로 취할 수 있다. 즉, 숙취가 심하지 않다. 그래서 처음으로 데우지 않은 상온의 사케 즉, 히야자케冷酒를 마신 다자이는 제대로 걸을 수도 없을 정도로 취해버린 것이다.

그렇다고 해서 차게 마시는 것이 나쁘다는 것은 아니다. 오히려 지금은 '사케 = 차게 해서 마시는 술'이라고 생각하는 사람들이 많다. 1980년대에는 깔끔한 맛이 특징인 '긴죠슈吟醸酒(쌀을 60% 이하로 깎아서 만든 사케)가 인기였다. 긴죠슈는 차갑게 마실수록 그 특징이 살아난다. 그중에서도 니가타의 사케는 전국적으로 인기를 얻었고, 한때는 "니가타 사케라면 뭐든 좋다"라며 주문을 하는 사람까지 있었다고 한다. 특히 지금은 쌀의 품종 개량이나 신종 효모의 개발로 과일 향과 뒷맛이 깔끔한 사케가 인기가 많다. 이러한 사케 역시 차게 해서 마시는 것이 그 진가를 발휘한다.

따뜻하게 마시는 것도 차갑게 마시는 것도 모두 사케를 즐기기에는 좋은 방법이다. 사케의 종류에 따라 어느 온도가 가장 맛이 있는지 찾아보는 것도 사케를 좋아하는 사람의 즐거움이라고 할 수 있다.

여자와 사케

옛날에는 사케를 여자가 빚었다. 그런데 에도시대에 들어 사케의 생산 규모가 커지면서 힘 있는 남자들이 그 역할을 대신하게 되었다. 그리고 어느샌가 '여인금제女人禁制'가 전통이 되어 버리고 말았다. 하지만 요즘에는 양조 현장에서 여자들이 일하는 것은 특별한 일이 아니다. 여성들의 양조장 진출 사례를 소개해 보고자 한다.

먼저, 딸들이 양조장을 이은 사례다. 지금도 대를 이어 양조장을 운영하는 곳이 많지만, 그중에는 아들 후계자가 없어서 딸이 대신 뒤를 잇는 경우가 있다. 그렇다고 해서 그녀들이 억지로 사케를 만드는 것은 아니다. 신슈키레이信州亀齢의 오카자키주조岡崎酒造, 가와나카지마川中島의 슈센쿠라노酒千蔵野, 구로우에몬九郎右衛門의 유카와주조湯川酒造는 딸들이 양조장을 이어받은 곳인데, 모두 일류 기술자로 매일 현장에서 땀 흘리며 열심히 사케를 빚고 있다. 이들 모두 전국적으로 인기

信州亀齢　川中島　九郎右衛門　天美　紫宙

있는 양조장이다.

　다음은 여성 스스로 '전통'을 타파한 사례다. 니가타의 이
치시마주조市島酒造(현, 오몬주조王紋酒造)의 식당에서 일하던 한
여성은 양조장 직원들의 모습을 동경해, 자신도 사케를 빚고
싶다며 나섰다. 그 후 이 양조장에서는 다른 여성들도 직원
으로 일하게 되었고, 그중에서는 1급주조기능사 자격을 취
득한 사람도 나왔다. 지금은 텐비天美의 초슈주조長州酒造, 시소
라紫宙의 시와주조점紫波酒造店 등 여성 도지杜氏*도 드물지 않다.
이러한 현상은 사케의 생산 현장이 원점으로 회귀한 것이 아
니라 맛있는 사케를 만드는 데 남자, 여자의 구분이 필요 없
음을 보여주는 것이라 할 수 있다.

* 양조장에서 사케를 빚는 사람들 중에서 리더 역할을 맡은 사람.

작가와 술 **술이 싫다**

초판 1쇄 발행   2025년 2월 20일

지은이 다자이 오사무, 사카구치 안고, 아쿠타가와 류노스케 외 8인
편역   김민화, 박승하
펴낸곳   보더북

출판등록   2023. 12. 4   제 360-2023-000024 호
주소   광주광역시 서구 운천로 100번길 14, 202호
이메일   borderbook@naver.com

ISBN 979-11-989648-0-9

손 잡아도 될까?

알 건 아는 10대들을 위한 성과 사랑

잡아도 될까?

이현숙 지음

창비
Changbi Publishers

알 건 다 아는 여러분에게

'성교육 시간'이라고 하면 여러분은 어떤 생각이 드나요? 선생님은 청소년들에게 성교육을 하러 갈 때 또랑또랑한 눈망울을 기대하지만, 실제로는 "이미 다 알고 있다."라며 시시하다거나 재미없다는 등의 반응을 보이고는 합니다. 여러분도 혹시 그렇게 생각하나요? 그렇다면 여러분이 '이미 다 알고 있는 것'은 무엇인가요? 섹스? 정자와 난자가 만나서 임신하고 출산하는 것? 성폭력? 포르노그래피?

많은 사람들이 잘 안다고 생각하는 영역인데도 성과 관련한 사건 사고는 끊이질 않습니다. 똑같은 상황에 대해서도 저마다 제각각의 반응을 보이기도 하지요. 만약 어떤 남학생에게 "여장하면 예쁠 거야."라고 말한다면 이 말은 칭찬일까요, 놀림일까요? 혹은 성희롱일까요, 친한 사이에서 주고받을 수 있는 농담일까요?

칭찬인 듯 아닌 듯 미묘한 말

연애 관계를 둘러싼 '깻잎 논쟁'을 생각해 보죠. 깻잎 장아찌는 맛있는 반찬이지만, 여러 장이 붙어 있어 한 장씩 떼어 먹기 불편하죠. 깻잎 논쟁은 자기 연인이 다른 이성의 깻잎을 떼어 주는 행동을 한다면 괜찮은지 아닌지 의견이 대립하면서 재미있게 불거졌습니다. 어떤 사람은 뭐 그런 걸로 예민하게 생각하느냐고 하고, 어떤 사람은 있을 수 없는 일이라고 말합니다. 그런데 생각해 보면 이 논쟁에서 깻잎을 건네받은 사람의 입장은 이야기되지 않았네요. 그 사람 입장에서는 왜 자기한테 묻지도 않고 쓰던 젓가락으로 깻잎을 떼어 주는지, 아니면 자기 앞접시에 여러 장을 덜어 먹으려고 했는데 왜 중간에 끼어들어 한 장을 떼어 주는지 기분 나쁠 수도 있는 일 아닐까요?

귀엽다, 섹시하다, 잘생겼다, 날씬하다 등의 말도 마찬가지예요. 어떤 사람은 칭찬으로 받아들이며 좋아하기도 하지만, 어떤 사람은 무례하고 불편한 말로 받아들일 수도 있지요. 여러분도 똑같은 말인데 누가 하느냐에 따라 느낌이 달랐던 경험이 있나요?

말을 건넨 사람은 칭찬으로 한 말이더라도 듣는 사람 입장에서는 외모에 대한 평가로 느껴지거나, 어리게 취급하는 것 같아 기분 나쁠 수도 있어요. 이런 복잡한 상황을 이해하려면 먼저 사람마다 취향이 다르고, 가치관이 다르며, 성에 대한 생각 또한 다르다는 점을 이야기해야 합니다.

우리를 둘러싼 고정 관념들

가치관의 차이가 무엇인지 예를 들어 볼까요? 남학생과 여학생이 학교 밖에서 만나는 장면을 보았을 때, 그냥 지나치는 사람도 있고 둘이 사귀는 거라 단정하는 사람도 있습니다. 남성과 여성이 단둘이 있다는 것만으로 사귄다고 단정하면 불합리하다고 말하는 사람도 있고요. 다른 사람의 사적인 관계에 지나치게 호기심을 갖는 것이 무례하다고 경계하는 경우도 있을 수 있어요. 이런 것들이 바로 우리의 가치관입니다.

우리의 가치관은 성별에 대한 태도를 결정하기도 해요. 가령 성관계 경험이 있는 남학생과 여학생을 바라보는 시선에도 차이가 나타납니다. 성관계 사실이 알려졌을 때 여학생은 남학생보다 더 큰 비난을 받기도 하고, 성 경험이 있다는 이유로 만만하게 생각해서 성적인 목적으로 접근하는 사람들로 인해 피해를 겪기도 합니다. 남학생이 감수해야 할 것은 상대적으로 적은 편이죠. 이런 걸 성별에 따른 이중 잣대라고 합니다.

그런데 이러한 이중 잣대와 고정 관념이 여학생만 괴로운 것은 아니에요. 누군가의 손이 남학생의 몸에 닿아 남학생이 성적인 불편함을 느꼈다고 이야기하면 주변 반응이 어떨까요? 남자가 뭘 그렇게 예민하게 구느냐는 반응이 나타날 수도 있어요. 성별만으로 그 사람이 보여야 할 반응이 결정되어 버리는 거예요.

문제는 성(性)이 아니야

사실 '성' 자체는 문제가 없습니다. 개인이 어떤 취향을 지니든, 무엇을 상상하든 괜찮습니다. 그러나 상대의 취향과 가치관, 나와의 관계 등을 고려하지 않고 타인의 영역을 침해할 때 문제가 발생합니다. 따라서 다른 사람에게 성적인 말이나 행동을 할 때, 혹은 다른 사람과 성적인 관계를 형성할 때는, 서로의 상황, 취향, 입장 등을 고려하고 소통해야 합니다. 성적인 말과 행동에는 존중과 합의가 반드시 전제되어야 하지요. 그렇지 않으면 타인의 성적 권리를 침해하는 상황이 발생합니다. 성적으로 좋은 관계를 유지하는 것은 서로의 권리를 존중할 때 가능합니다.

그래서 이 책은 '인권'의 관점에서 성에 대한 이야기를 나누어 보고자 합니다. 인권은 사람이라면 누구나 태어나면서부터 당연히 가지는 기본적 권리를 말하죠. 성과 관련된 권리도 포함됩니다. 2016년 유엔 경제·사회·문화적 권리 위원회는 성과 재생산 건강 권리에 관한 논평을 발표했습니다. 여기서 성 건강은 단지 질병이나 장애가 없는 상태를 말하지 않습니다. 성과 관련해 신체적·정서적·사회적으로 안전한 상태, 그러니까 각자의 성과 성적 관계를 존중하고, 차별과 폭력 없이 즐겁고 편안한 성생활을 할 수 있는 상태를 의미하지요.

성은 인간의 삶 속에 늘 존재해 왔습니다. 성은 나에게서 분리할 수 없는 일부이지요. 사춘기는 자신의 정체성을 찾는 여행의 시기이지요. 그 정체성에는 성적 자아도 포함됩니다. 누군가를 좋아하고, 사랑을 표현하고, 특별히 친밀한 성적 관계를 맺는 일들을 비롯하여 성은 사람이 행복한 삶을 살아가는 데 매우 중요한 요소예요. 이 책을 통해 여러분이 내가 무엇을 원하는지, 내가 그걸 원하게 된 이유가 무엇인지, 적절한 욕망인지에 대해 생각해 보게 되길 바랍니다. '나'를 이해하는 데 도움이 되고, 나아가 나와 타인의 권리를 존중하는 기반이 되는 시간일 거예요.

나를 나답게 하고, 사회 속에서 좋은 시민으로 살아가며, 타인과 건강한 관계를 형성하는 것, 그래서 궁극적으로 안전하고 행복한 삶을 영위하는 것에 성이 긍정적인 영향을 미칠 수 있도록 탐색하는 여정을 시작해 볼까요?

차례

들어가며 알 건 다 아는 여러분에게   004

1   내 몸은 인형이 아니야   013

2   좋아하면 만지고 싶은 게 당연한가요?   027

3   연애, 어떻게 하면 잘할 수 있지?   055

4   그건 농담이 아니라 폭력이에요   077

5   주변에 말하기 어려운 고민들   123

나가며 안녕, 섹슈얼리티   131

1

내 몸은
인형이 아니야

몸, 온전한 나로 존재하기

　여러분에게 몸은 어떤 의미인가요? 우리 몸을 구성하는 뇌, 장기, 혈관, 뼈, 신경, 피부, 머리카락 등의 요소들은 모두 연결되어 온전한 '나'로 존재합니다. 머리카락과 손발톱 일부를 제외하곤 내 몸에서 분리할 수 없지요. 어느 하나를 잃게 되면 일상이 불편해지거나 생명을 잃을 수도 있습니다. 몸의 건강은 곧 삶의 질에도 영향을 줍니다.

　근대 사회에서 '몸'은 '정신'을 위해 존재하는 것으로 여겨졌습니다. '나는 생각한다, 고로 존재한다.'라는 말을 들어 본 적 있나요? 근대의 대표적인 철학자 데카르트의 말입니다. 생각이 먼저고, 존재하는 것은 그다음이라는 거죠. 세상을 파악하는 것은 우리의 정신이고, 몸은 그러한 정신을 위해 존재하는 부차적인 존재라고 여긴 것입니다. 그런 인식 속에서 성은 숭고한 정신을 혼란스럽게 하는 '나쁜' 것이었지요. 그래서 성적인 상상을 하는 것도, 자위행위를 하는 것도 죄악처럼 여겨졌습니다. 특히 여성의 몸이 '이성적인' 남성들을 혼란하게 만든다는 왜곡된 인식이 있기도 했고요.

그러다가 점차 몸에 대한 생각이 달라졌습니다. 현대 철학자인 메를로 퐁티는 '나는 나의 몸이다.'라고 말했어요. 근대 철학에서 세상을 이해할 때 정신적인 요소만을 강조했던 것에 비해, 몸의 감각과 경험 또한 세상을 이해하는 데에 중요한 요소라는 점을 강조한 말이지요.

몸이 곧 나입니다. 몸이 존재하지 않으면 나도 존재하지 않아요. 몸은 각각의 기능을 하며 연결되어 나를 존재하게 만듭니다. 그것만으로도 충분히 가치 있지요. 누구도 내 몸을 함부로 대할 수 없으며, 내 몸에 관한 선택은 오로지 나만 할 수 있습니다. 몸은 다른 사람에게 잘 보이기 위해

존재하는 것이 아니며, 국가의 정책에 따라 통제되는 대상
이 되어서도 안 되지요. 건강한 몸이 건강한 생각과 행복한
삶의 토대가 될 수 있습니다.

TV 속 연예인의 몸이 이상적인 것일까?

한국 사회는 외모에 대한 압박이 강한 편입니다. 외모
를 가꾸는 일을 '자기 관리'라고 여겨서 예쁘거나 잘생기지
않은 사람, 뚱뚱한 사람을 '자기 관리를 하지 않는 게으른
사람'으로 판단하는 잘못된 시선도 있습니다. 그래서 많은
사람이 화장, 다이어트, 성형 등을 통해서 이상적인 외모를
가지려고 노력하곤 하지요.

굶어야만 만들 수 있는 마른 몸과 큰 키, 작은 얼굴 등
이 연예인에게 요구되며 점점 비연예인에게도 영향을 주고
있습니다. 연예인들은 "입금이 되면 몸만들기에 들어간다."
라고 표현하기도 합니다. 공연에서 완벽한 몸을 보여 주기
위해 며칠을 굶는다고 말하는 아이돌도 있지요.

그러나 매체에서 표현되는 몸과 실제 일상에서의 몸은

몸에 대한 질문

1. 내 몸이 좋은가요, 싫은가요?

2. 몸이 있어서 감사하다고 생각해 본 적 있나요?

3. 외모에 대해 고민해 본 적 있나요?

4. 키가 크지 않을까 봐, 또는 뚱뚱해질까 봐 걱정했던 적이

   있나요?

5. 다이어트를 해 본 적 있나요?

6. 외모는 나에게 어떤 의미인가요?

7. 외모가 나의 자존감에 영향을 주나요?

8. 나는 내 몸을 있는 그대로 받아들이고 있을까요?

9. 살이 찌거나 외모를 가꾸지 않은 사람은 자기 관리에 실패

   한 사람일까요?

10. "요즘 살 쪘네.", "살 빠졌어?", "아이돌 OO 너무 예쁘다."

    등의 말을 듣거나 해 본 적이 있나요?

11. 미디어 속 연예인을 닮고 싶다고 생각해 본 적 있나요?

12. 내가 생각하기에 아름다운 외모는 어떤 모습인가요? 그

    기준은 어떻게 만들어졌나요?

다릅니다. 매체에서 볼 수 있는 이상적인 몸은 식단을 조절하고 운동에 투자하며, 많은 시간과 돈을 들여서 유지되는 몸입니다. 여러 전문가들에게 도움도 받으면서요. 연예인이 아닌 일반인들이 일상에서 따라 하기 어려운 삶의 방식이지요. 연예인들은 체지방을 비정상적으로 줄이고, 촬영 기술과 보정 기술까지 활용하여 대중들에게 완벽한 모습을 보여주려고 합니다.

이렇게 보여 주기 위해 만들어진 몸에 많은 사람이 열광합니다. 나아가 그런 몸을 가지려고 노력하지요. 그리고 우리 주변에는 이러한 몸을 갖지 못하면 안 될 것처럼 불안감을 조성하여 돈을 쓰게 하는 산업들이 존재합니다.

물론 건강한 음식을 챙겨 먹고, 운동을 하며 내 몸을 가꾸는 것은 중요한 일입니다. 그러나 건강한 삶을 살기 위해 하는 노력과 남에게 보여지는 몸을 만들기 위해 나를 몰아붙이는 노력은 구별해야 해요.

'바비 인형 몸매'는 가능할까?

그런데 사람들이 선망하는 연예인 같은 몸은 정말 '아름다운' 몸일까요? 과연 아름다움에 절대적인 기준이 있을까요?

르네상스 시대의 그림을 보면 지금과 미인의 기준이 다릅니다. 다산을 상징하는 풍만한 여성들이 미인으로 묘사되고 있지요. 우리나라 조선 시대는 어떨까요? 조선왕조실록에 따르면 당시의 미인상은 둥글고 큰 턱, 가느다란 눈, 가지런한 눈썹 등을 가진 '복스러운 얼굴'이었어요.

반면 최근에는 작은 얼굴과 마른 몸매를 아름답다고 여기지요. 그런 미의 기준이 만들어지게 된 데에는 TV의 영향이 컸습니다. 과거의 TV 브라운관은 표면이 둥글었기 때문에 인물의 모습이 넓게 퍼져 보였습니다. 평균적인 크기의 몸이 브라운관에서는 비대해 보였고, 그래서 TV 화면으로 보기에 최적화된 마른 몸이 상품으로서의 가치를 지니게 된 것이지요.

몸, 특히 여성의 몸에 대한 왜곡된 생각이 퍼지는 데 일조한 상품이 바로 바비 인형입니다. 예쁜 얼굴과 늘씬한 몸매를 가진 바비 인형은 전 세계적인 히트 상품이 되면서 크게 사랑받았는데요. 바비 인형의 외모는 많은 논쟁을 불러일으켰어요.

미국 텍사스대학교의 마이클 라이언 교수는 바비 인형을 실제 사람 크기로 만들면 어떨까 계산해 보았는데요. 머리둘레는 22인치로 사람의 평균과 비슷했지만 허리, 목, 팔뚝, 허벅지 등은 모두 비정상적으로 가늘었습니다. 발도 너무 작고요. 라이언 교수는 바비의 몸을 "거의 성냥개비 수준"이라고 표현했습니다. 실제 사람이었다면 목이 너무 가늘어 머리를 들 수 없고, 허리가 가늘어 장기가 더 들어갈 수 없을 거라고도 했어요. 또 다리가 너무 가늘기 때문에 제대로 서지 못하고 네 발로 기어 다녀야 한다고요.

이렇듯 바비의 몸은 실제로 먹고 숨 쉬고 움직일 수 있도록 만들어진 몸이 아닙니다. 이러한 몸을 이상적인 기준처럼 여기며 그 기준에 충족하지 못하는 자기 몸에 열등감을 느낄 필요가 없어요. 오히려 우리는 자기 몸에 대해 긍정적으로 생각하는 힘을 키울 필요가 있습니다.

나를 꾸미는 이유

우리는 매일 오늘은 어떤 옷을 입을지 고르고, 종종 미용실에 가서 머리 모양을 다듬고, 때로 화장을 하거나 향수를 뿌리기도 합니다. 나를 꾸민다는 것은 어떤 의미일까요? 꾸밈의 목적과 이유는 무엇일까요?

머리 모양이나 옷차림과 같은 외양은 나를 표현하는 방식이기도 합니다. 저는 꾸미는 것이 소통 방식의 하나일 수 있다고 생각해요. 우리는 소통할 때 말과 글 같은 언어만이 아니라 표정, 몸짓, 자세, 목소리의 높낮이, 옷차림 등 비언어적인 방식도 사용하곤 합니다.

예를 들어, 여러분이 법정에 배심원으로 참석했다고 상상해 보세요. 한쪽 변호사는 트레이닝복을 입었고, 머리도 막 자다 일어난 것처럼 흐트러져 있습니다. 다른 한쪽 변호사는 정장을 갖추어 입었고, 머리 모양 또한 잘 정돈되어 있습니다. 이 경우 여러분은 누구의 변론이 더 신뢰감 있게 들릴 것 같나요?

때와 장소에 맞게 예의를 갖춘 옷차림으로 참석하는 것은 원활한 소통에 도움이 됩니다. 그런데 만약 지나치게 격식을 차리고 싶지 않거나, 옷차림으로 사람을 평가하는 것에 불편함을 느껴서 있는 그대로의 나를 표현하고 싶다면 그 또한 나의 선택입니다. 그로 인해 첫인상은 마이너스가 될 수도 있겠지만 이후에 교류를 계속하며 차근차근 좋은 관계를 맺을 수도 있지요. 격식과 상관없는 나다운 모습을 통해 나의 취향, 나의 정체성을 당당하게 드러내 내가 원하는 메시지를 더 분명히 전달할 수도 있고요.

외모를 어떻게 표현할지는 내가 결정할 수 있는 나의 권리입니다. 어떤 날은 화려하게 꾸밀 수도 있고, 어떤 날은 편한 모습으로 나갈 수 있어요. 어떤 차림을 하든 위축되지 않고 당당할 수 있는 태도가 필요하지요. 타인의 시선을 지나치게 의식하는 것, 타인을 외모로 평가하는 것은 주객이 전도된 일입니다. 외부의 시선에서 자유로워지고 내가 내 몸의 주인이 되려면 꾸밈의 목적은 나 자신에서 출발해야 합니다. 그날그날 내가 표현하고 싶은 대로, 내가 원하는 모습을 선택하는 것이지요. 씻지 않아서 다른 사람에게 불편함을 주거나 하는 경우가 아니라면요.

절대적인 미의 기준이나 완벽한 외모 같은 것은 없습니다. 주변과 나를 비교하기 시작하면 끝이 없어요. 나만의 매력을 키워나가며 자신감 있는 모습을 보이는 것이 어떨까요? 매력은 품성과 역량에서 생깁니다. 사람은 누구나 나이가 들고, 영원히 젊고 아름다울 수 없지요. 하지만 품성과 역량은 계속 가꾸고 성장시킬 수 있어요. 그러다 보면 한 사람이 어떻게 살아왔는가가 몸에 배어 고유한 매력으로 나타나게 됩니다. 오래 많은 경험을 할수록 성장하게 되는 것이지요.

내 몸과 관계 맺기

친구들과 대화를 나누고, 세상을 보고 들을 수 있게 하고, 맛있는 음식을 먹고 소화하여 필요한 것은 흡수하고 필요 없는 것은 자연으로 돌아갈 수 있도록 순환시키는 내 몸이 신기하고 고맙게 느껴진 적이 있나요?

우리가 일생생활에서 겪는 사건과 경험은 우리가 몸에 대해 생각하고 느끼는 방식을 결정합니다. 미디어가 보여주는 이미지, 가족이나 친구 등 대인 관계, 개인의 성격이나 특징 같은 요소들이 몸을 대하는 태도에 영향을 미치는 것이지요.

　날씬하다, 뚱뚱하다, 예쁘다 등 평가하는 의미를 담은 수식어들을 떼어 내고 있는 그대로 내 몸을 받아들인다면 보다 자유롭고 자존감이 높아질 거예요. 내 몸과 소통하고, 좋은 관계를 만드는 법을 탐색해 보는 것이지요.

　내 몸의 감각을 느끼고 즐겨 보세요. 우리는 음악을 들으며 걸을 수 있고, 좋은 사람과 산책하며 대화할 수 있습니다. 숨이 벅차오를 만큼 뛰어 볼 수도 있고요, 자전거를 타면서 갈라지는 바람을 느낄 수도 있지요. 산 정상에 올라가서 작아진 세상을 내려다볼 수도 있고, 좋아하는 음악을 들으면서 몸을 슬쩍슬쩍 움직이거나 격렬하게 춤을 출 수도 있습니다. 요가를 하며 명상하거나, 스트레칭을 하면서 몸이 편안해지는 것을 느낄 수도 있고, 배드민턴, 축구처럼 활기찬 운동도 할 수 있어요. 무엇이든 좋습니다. 생각날 때마다 내 몸이 무엇을 좋아하는지 찾아보세요. 화가 나거나 속상한 상황이 생길 때 건강하게 대처하는 나만의 방법을 찾아보아도 좋겠지요.

2

좋아하면
만지고 싶은 게
당연한가요?

동물과는 달라, 인간의 성과 사랑

포유류는 대부분 출혈이나 냄새, 특이한 행동 등을 통해서 자기 몸이 발정기라거나 임신할 준비가 되었다는 사실을 겉으로 알려요. 발정기라는 정해진 시기에만 생식 활동을 하는 것입니다. 하지만 사람은 그렇지 않지요. 생리를 한다는 것은 임신을 할 수 있게 배란(성숙한 난자가 만들어지는 것)이 된다는 것이지만, 그게 겉으로 드러나지는 않으며 누가 구체적으로 언제 임신이 가능한지를 알 수 없게 진화했어요. 과학이 발달하여 배란기에 정자와 난자가 만나면 임신이 가능하다는 것을 알고, 배란기가 주기적으로 돌아온다는 사실도 알게 되었지만 과거에는 전혀 알 수 없었지요.

임신과 출산에서 사람이 다른 동물들과 다른 패턴을 보이는 이유는 여러 가지가 있지만 직립 보행이 많은 영향을 주었다고 해요. 직립 보행으로 사람은 도구를 제작하고 사냥을 할 수 있게 되었고, 지능이 발달하고 뇌가 커졌지요. 에너지 효율성도 향상되어 오랜 시간 움직일 수 있게 되었고요.

그런데 두 발로 걷는 것은 임신과 출산에는 어려움을 가져오기도 했어요. 사람의 몸이 똑바로 서게 되면서 아기가 나오는 통로인 산도가 좁아진 것이지요. 또 뇌가 커지면서 태아가 성숙하려면 훨씬 오랜 시간이 필요해졌는데, 산모가 그만큼 긴 기간 임신 상태를 유지하기는 어려웠어요.

그러다 보니 우리 인간은 불완전한 상태로 아이를 낳게 되었습니다. 아기는 목을 가누지도 못하는 상태로 태어나서 뇌를 성장시켜야 하고, 스스로 걷기 시작하는 데만도 일 년의 시간이 걸려요. 산모의 입장에서는, 다른 동물에 비해선 훨씬 큰 뇌를 가진 아이를 낳아야 하니 출산의 위험이 클 수밖에 없죠. 그래서 출산할 때 다른 사람, 의학의 도움이 필요하고요.

친밀한 관계와 성, 편안함과 안락함의 근원

　이렇게 사람은 미숙한 상태에서 태어나기 때문에 부모를 포함하여 주변 사람들과의 강한 결속과 보살핌이 중요해졌어요. 더욱이 인간은 뇌를 성장시키고 두 발로 서서 걷기 위해 많은 에너지가 필요한데, 과거에 그 에너지를 얻으려면 주변과 힘을 합쳐 더 많은 사냥과 싸움을 해야 했지요. 그러다 보니 진화론에서는 인간이 임신 가능한 시기가 와도 굳이 밖으로 알리지 않으면서 생식을 위한 경쟁이나 다툼을 줄이고, 성인이 될 때까지 협력하며 함께 양육하게 되었다는 이야기도 있어요.

　사람은 진화를 거듭하면서 이성적으로 판단하고 행동하며 문명이라는 것을 만들었습니다. 서로 죽이고 싸우는 것보다는 평화롭게 더불어 살아가는 것이 인간이라는 종족을 유지하고 발전시키는 데에 도움이 된다는 것을 알게 되었지요. 그래서 규칙을 만들고 지켰으며, '인권'이라는 개념도 약속하게 되었어요. 우리들의 성 역시 이러한 인간 문명과 인권의 관점으로 들여다볼 필요가 있답니다.

유네스코는 국제 성교육 가이드라인에서 성을 '편안함과 안락함의 근원'이라고 표현해요. 사람다운 성의 본 모습은 친밀한 관계를 만들고 발전시켜 나가는 것이라는 뜻이지요. 사랑하는 사람과의 친밀한 접촉은 정서적인 안정을 주고, 지친 삶을 함께 살아갈 수 있는 힘을 주지요.

성은 종족을 번식하는 목적의 생식 활동에서 출발했지만, 복잡하고 다양한 사회에서 살아가는 사람에게 그 이상의 의미를 지닙니다. 발정기와 같은 특정한 시기에만 생식 활동을 하지 않고 언제 임신할 수 있는지도 알 수 없었던 인간은 언제든 성관계를 하게 되었고, 성적인 친밀함에서 쾌감을 느끼도록 진화했습니다. 성관계 속에서 즐거움을 느끼고, 복잡한 삶을 살아가는 데 필요한 위안을 얻게 된 거죠. 더 나아가 최근에는 혈연관계, 성적 관계로만 묶이지 않는 다양한 모습의 가족이 발전하고 있습니다. 성적 행동은 생식보다는 관계의 측면에서 더 중요해지고 있지요.

섹스? 젠더? 섹슈얼리티? 뭐가 다르지?

섹스(sex) 남성(male), 여성(female) 등의 생물학적인 성

젠더(gender) 사회적인 성

섹슈얼리티(sexuality) 포괄적인 의미의 성

성적인 권리가 무엇인가요?

"모든 국민은 인간으로서의 존엄과 가치를 가지며, 행복을 추구할 권리를 가진다."

대한민국 헌법 제10조에 나와 있는 내용입니다. 여러분은 인권에 대해 얼마나 알고 있나요? 인간이라면 누구나 갖는 기본적인 권리 중에는 '성적 권리'도 있습니다. '성적인 권리'란 무엇일까요? 단순히 성적인 욕구를 표현하고 보장받을 권리일까요?

성적인 권리는 성적으로 건강한 상태를 유지할 권리, 필요한 정보에 접근할 권리, 원하지 않는 성적 접촉을 거부

할 권리, 연애나 결혼을 시작하거나 마칠 권리, 자녀를 출산할지 말지 결정할 권리 등을 모두 포함하고 있어요. 쉽게 말하자면, 성을 둘러싼 다양한 선택과 행동에서 우리는 모두 안전하고 자유로울 권리가 있는 거지요!

그러기 위해서는 때로는 함께하는 상대와 충분히 이야기를 나누고 합의해야 할 사항도 있어요. 이때 합의는 나와 상대의 평등한 관계 속에서 자발적인 선택을 통해 이루어져야 한답니다. 그리고 우리가 자칫 서로의 권리를 침해하지 않도록 올바른 교육을 받을 기회 또한 충분히 보장되어야 하지요.

특히 중요한 건 성적 행동을 할 수 있는 권리보다 하고 싶지 않을 권리, 언제든지 멈출 수 있는 권리가 우선 보장되어야 한다는 점입니다. 이를 '성적 자기 결정권'이라고 하지요. 이때 꼭 고려해야 하는 것이 힘의 차이입니다. 여기서 힘은 물리적인 완력이 될 수도 있고, 사회적인 권력이 될 수도 있어요. 힘의 불균형이 존재할 때, 약자의 위치에 있는 사람은 자신의 의견을 적극적으로 표현하기 어려울 수 있겠지요. 그렇기에 우위에 있는 사람이 약자의 입장에서 어떤 맥락인지 이해하려고 노력해야 합니다.

자녀를 출산하는 일 또한 사람마다 스스로 안전하고 자유롭게 결정할 권리가 있습니다. 특히 임신과 출산의 주체가 되는 여성은 자기 몸으로 아이를 가질지 혹은 갖지 않을지를 외부의 압력 없이 스스로 결정할 수 있어야 해요. 이를 '재생산 권리'라고도 합니다.

어떤 사람들은 성욕과 성적 권리를 혼동하기도 합니다. 성욕을 식욕, 수면욕과 함께 인간의 3대 욕구라고 표현하면서 해소할 권리를 주장하는 것이지요. 이를 근거로 성적 착취와 학대를 묘사한 포르노그래피를 볼 권리, 대가를 지불하고 다른 사람의 성을 구매할 권리 등을 주장하기도 하고요.

그러나 식욕과 수면욕은 인간의 생존과 직접적으로 연결된 것이기 때문에 음식을 못 먹고 잠을 못 자면 생명을 잃을 수 있지만, 성욕은 생존이 아니라 종족 보존과 관련된 것이어서 성적 행위를 하지 않는다고 해서 생명을 잃지 않습니다. 성적 욕구는 대소변이나 땀처럼 반드시 몸 밖으로 배출해야만 하는 배설과도 성격이 다르고요. 성욕을 해소하기 위해 포르노그래피와 성매매 등 성적 착취와 학대를 정당화할 수 없다는 것입니다. 사람을 욕구의 대상으로 삼을 수 있다는 생각은, 다른 무엇보다 우선되는 중요한 가치인 인간의 존엄성을 훼손합니다.

좋아하면 만지고 싶은 게 당연한가요?

성과 관련된 욕구는 다양한 모습으로 존재합니다. 친밀함에 대한 욕구, 성적 행동을 하고 싶은 욕구, 성 표현물을 보고 싶은 욕구, 키스하는 장면이 있는 드라마를 보고 싶은 욕구 등이 있지요. 우리가 성욕이라고 부르는 것들은 성적 충동에 가까울 때가 많아요.

자극으로 인한 충동이 일 때 뇌에서는 신경 반응이 일어납니다. 감각 기관이 자극을 받아들이면 뇌의 신경세포는 신경 전달 물질을 주고받지요. 누군가를 보고 설레거나 좋아하는 마음이 생기거나 스킨십을 하고 싶은 마음이 생기는 것은 뇌에서 이와 같은 상호 작용이 일어나는 것입니다.

사람은 사춘기에 뇌가 재구조화되는데, 이때 성적 발달도 이루어집니다. 내가 어떤 것에 자극을 받는지, 어떤 느낌을 받는지 등 몸에 대한 감각을 알아가는 과정이지요. 이

때 어떤 지식과 정보, 콘텐츠를 접하는지, 다양한 인간관계 속에서 어떤 경험을 하는지에 따라 성과 관련된 상상이나 자극, 반응도 사람마다 다르게 구성됩니다. 어떤 사람은 성을 좋아하는 사람과 연결 지어 즐겁게 상상하기도 하고, 어떤 사람은 놀이나 스트레스 해소 수단처럼 생각하기도 하지요. 한편 어떤 사람에게는 성이 불편하거나 싫은 느낌을 주는 것이 될 수도 있어요.

어떤 자극에 어떤 반응이 일어나고 일어나지 않는지는 사람마다 다르고, 개인이 어떤 경험을 했는지에 따라서도 다를 것입니다. 여기에는 주변에서 알게 된 지식과 정보가 큰 영향을 미치니, 어떤 면에서는 성욕도 학습된다고 볼 수 있고요. 누군가에게 끌리고 성적인 친밀함을 표현하고 싶은 감정은 자연스러운 반응이지만, 성생활에 대한 관심이 적거나 아예 없는 사람도 있어요.

중요한 것은 욕구를 표현하는 일이 타인을 불편하게 하거나, 관계에 지장이 가게 해서는 안 된다는 점입니다. 따라서 성적 충동을 조절하고 통제할 수 있는 힘을 기르는 것이 필요해요. 내가 원하는 것이 무엇인지, 타인의 권리를 침해하는 것은 아닌지 생각해 보아야 하고, 만약 나의 성적 욕망이나 충동이 타인과의 관계에서 문제가 되거나 나의 일상을 방해한다면 스스로를 돌아보아야 합니다.

누군가에게 관심이 생기고, 만나고 싶고, 어깨동무를 하거나 팔짱을 끼고 싶을 수 있습니다. 함께 장난도 치고 즐거운 시간을 보내고 싶을 수 있어요. 그런데 상대가 불편하게 여길 만한 농담이나 욕설, 관심 표현과 성희롱의 경계에 있는 아슬아슬한 발언, 동의하지 않은 신체 접촉 등은 상대방에게 폭력으로 다가갈 수 있습니다.

만약 나의 행동이 어떤 문제를 야기했다면, 상황이 발생한 과정을 구체적으로 적고, 앞으로는 어디서 어떻게 행동해야 실수를 하지 않을지 고민하고 연습해 보는 것도 방법이 될 수 있습니다. 나쁜 습관을 고치는 건 어렵지만, 좋은 습관으로 덧씌울 수는 있다고 하니까요.

사랑에 빠지면 뇌에선 어떤 일이 일어날까?

몸이 자라는 사춘기에는 '안드로겐'이라는 뇌호르몬이 만들어져요. 그중에서도 'DHEA'라는 호르몬의 영향으로 누군가에게 반하는 경험을 하게 됩니다. 성적인 각성을 일으키는 호르몬과, 기분을 좋게 만드는 도파민에 의해 성에 대해 눈을 뜨고, 성적인 충동을 느끼게 되기도 하지요. 사랑에 빠지면 성적인 관심이 자연스레 생길 수 있어요. 다만 성적인 관심이 생긴다고 해서 그것이 꼭 사랑이라고는 할 수 없습니다.

아쉽게도 이렇게 사랑을 느끼게 하는 호르몬에는 유통기한이 있습니다. 청소년들이 사랑에 열정적으로 몰입하는 기간은 평균적으로 3~4개월 정도예요. 이후에 뇌는 이 관계를 지속할 것인지 이성적으로 판단하게 되는데요. 처음의 설렘과 열정을 지나, 서로 신뢰와 책임을 갖는 깊은 관계를 준비할 때는 '옥시토신'과 '바소프레신'이라는 호르몬이 작용하지요.

성욕은 통제하기 어려운 것인가요?

　　우리 문화 속에는 남성의 성은 여성과 달리 본능적이고 통제가 불가능하기에, 남성의 성욕 표출을 사회적으로 용인해 주어야 한다는 통념이 자리하고 있었습니다. 그래서 언제든 맥락에 상관없이 자신이 원할 때 성 접촉을 시도하는 것을 남성의 권리로 여겼고, 방어하지 못한 여성에게 책임을 묻기도 했습니다. 포르노그래피와 성매매는 이러한 통념에 기반해 돈을 버는 산업으로 성장했고, 다시 이러한 통념을 확대하고 재생산하기도 해요.

　　이러한 잘못된 인식은 성폭력 사건에서 피해자가 가해자를 '자극'하지는 않았는지 주목하는 행태에서도 찾아볼 수 있어요. 가령 노출이 심한 옷을 입지는 않았는지, 술을 마신 것은 아닌지 등 피해가 발생한 원인이 피해자인 여성에게 있지 않은지 평가하며 2차 가해를 하는 일이 심심치 않게 일어나지요.

　　그런데 정말 남성의 성은 통제 불가일까요? 자, 한번 상상해 봅시다. 친구와 함께 사는 자취방에서 친구가 여행을 떠난 날, 자기 혼자 있는 빈집에 파트너를 초대해서 성관계를 하려는데, 하필이면 예정보다 빨리 친구가 집으로 들어온다면 어떻게 할까요? 대부분 그 상황에서 행동을 멈출 것입니다. 성별과 상관없어요.

이를 통해 생각해 볼 수 있듯이 누구나 성관계가 불가능한 상황이거나 해서는 안 된다고 생각하면 멈출 수 있습니다. 즉 '조절이 불가능하다.'라는 핑계는 멈출 의지가 없거나, 멈추지 않아도 된다고 생각하는 것일 뿐 통제가 안 되는 것이 아니라는 뜻이에요.

성폭력은 우발적 성 충동으로 인해 발생하는 것이 아닙니다. '바바리 맨'이라는 성추행범을 본 적 있나요? 요즘은 CCTV가 많아져서 예전보다는 적을 수도 있는데, 연령대가 높은 여성들 중에서 바바리 맨을 한 번도 못 본 사람을 찾기는 어려울 거예요. 반면 남성들에게 같은 질문을 하면 본 적 없다고 말하는 사람이 더 많을 것입니다. 왜 이런 차이가 발생할까요? 바바리 맨이 주로 여학교 앞과 같이 여성들이 많은 장소에 나타나기 때문이에요. 단지 충동에 의한 행동이었다면 어느 길에서나 볼 수 있었을 텐데, 계획적으로 저지른 범죄인 것이지요.

남성들이 좀 더 과감하게 주도적으로 성적인 행동을

하는 것은 그것을 관대하게 여기는 문화 때문이지 생물학적으로 타고난 것이 아닙니다. 남성들이 여성들보다 성적 욕망을 더 쉽게 표현하고 덜 제어하는 것은 본능이 아니라는 것이지요. 사회적으로 남성의 성적 행동에 대해서는 허용적이고, 여성에게는 허용적이지 않은 고정 관념의 영향이 훨씬 클 것입니다.

사귀면 스킨십을 해야만 하나요?

연애를 시작하고, 좋아하는 감정이 점점 커지다 보면 스킨십을 하고 싶은 마음이 생길 수 있습니다. 손도 잡고 싶고, 안고 싶고, 키스를 하고 싶다는 생각이 들 수도 있어요. 성적인 생각이 떠오른다고 해서 놀라지 않아도 돼요. 아주 자연스러운 일이니까요. 특히 신체적·심리적으로 많은 변화가 일어나는 사춘기에는 성적인 호기심이 더욱 많이 생겨나기도 합니다.

하지만 성적인 충동을 느끼고 상상을 하는 것과 그것을 행동에 옮기는 것은 다릅니다. 상상은 사적인 영역이고 다른 사람에게 해를 끼치지 않지만, 행동은 타인의 권리를 침해할 수 있기 때문에 반드시 상대방과의 합의가 필요하죠.

어떤 사람들은 스킨십을 '진도를 나간다.'라고 표현합니다. 손을 잡는 데 성공하면 다음엔 키스를 시도하고, 다음에는 성관계를 할 수 있다는 식이죠. 친구들끼리 서로 "진도 어디까지 나갔냐?"라고 묻기도 합니다. 그러나 그런 표현은 적절하지 않습니다. 스킨십은 도전하고 성공하는 과제가 아니기 때문이에요. 그리고 이전에 이미 해 본 스킨십이더라도 동의는 매번 새롭게 필요합니다.

스킨십은 좋아하는 감정을 교류하는 소통 방식이자, 때로는 좀 더 특별한 관계로 성장하도록 도움을 주는 행위이지요. 하지만 잘못하면 스킨십 때문에 관계가 어색해지거나 나빠질 수도 있습니다. 스킨십에 대한 생각이나 느낌이 사람마다 다르기 때문이에요. 어떤 사람은 사랑하는 사람이 생기면 안고 싶고 만지고 싶을 수 있고, 어떤 사람은 신중한 태도로 접근하기도 해요. 다른 사람들 앞에서 스킨십이 자연스러운 사람도 있고, 불편한 사람도 있습니다. 포옹은 괜찮지만 팔짱을 끼기는 싫어하는 등 선호하는 스킨십이 각자 다를 수도 있지요.

성적으로 친밀한 관계를 형성하고 유지하는 것은 많은 노력과 소통이 필요한 일입니다. 노력하는 만큼 즐거움이 배가 될 수도 있고, 반면 잘못하면 깊은 상처를 줄 수도 있기에 조심스러운 접근이 필요한 것이지요.

스킨십보다 중요한 소통의 기술

건강한 관계를 위해서는 의사소통이 중요합니다. 내가 원하는 것이 무엇인지 잘 알고 표현할 수 있어야겠죠. 내 의사를 표현하는 것이 상대방에게 압력으로 느껴지지 않게 잘 표현하는 의사소통 기술도 필요합니다.

어떤 말은 이상하게 꺼내기 어려울 수 있어요. 그럴 때는 그 어색함이 어디서 오는지 생각해 보아야 합니다. 말하는 것이 부끄러워서, 분위기가 어색해질까 봐, 난 여자인데 스킨십을 원한다고 이야기해도 될까 하는 생각에, 난 남자인데 괜히 물어봤다가 남자답게 리드하지 못한다고 실망하면 어쩌나 하는 고정 관념 때문에 말을 못 하고 있는 것은 아닌지 돌아봐야 합니다.

주체적으로 스스로의 판단에 따라 결정하고 행동했더라도, 성적 접촉 이후에 미묘하게 불편함을 느낄 수도 있어요. 성적 접촉이 싫은 건 아닌데 뭔가 공허함을 느끼거나, 생각했던 것과 느낌이 달라 어색할 수도 있지요. 혹은 한번 스킨십을 했더니 그 후로 상대가 전보다 더 쉽게 스킨십을 시도해서 불편할 수도 있고, 성적 접촉을 위해 관계를 지속하는 건 아닌가 하는 생각이 들 수도 있습니다.

서로 신뢰하는 관계일 때 스킨십이 정서적 안정감을 가져옵니다. 그렇지 않은 상황에서 스킨십을 시도하면 불편함을 느끼거나 상처를 입을 수도 있어요. 성적인 대상으로만 여기는 것은 아닌지 상대에게 오해를 불러일으킬 수도 있습니다. 반대로 스킨십을 갈등 해결의 방식으로 생각하거나 스킨십이 있어야 특별한 사이라고 생각하는 사람은 스킨십을 거부하는 것을 대화 혹은 관계 자체를 거부한다고 생각할 수도 있습니다.

그렇기 때문에 계속해서 서로의 생각을 확인하고, 둘에게 맞는 방법을 함께 찾아가는 과정이 꼭 필요합니다.

동의에 대해 생각해 보기

'Yes' means 'Yes.' '동의를 해야만 동의.'라는 뜻의 문장입니다. 어떤 의미일까요?

상대방의 침묵을 동의로 해석해선 안 된다는 뜻이에요. 때로는 침묵이 동의를 의미할 때도 있지만, 상대방이 마음을 결정하지 못했거나 거절을 표현하지 못하는 것일 수도 있기 때문에, 상대방이 명확하게 '좋다'고 표현하지 않았다면 거절로 해석해야 합니다.

대등한 관계에서 자발적으로 동의한 것인지, 동의했을 때 어떤 결과가 발생할지 충분히 알고 있는 상태였는지도 고려해야 해요. 또 상대방이 동의할 때까지 계속해서 물어서 얻은 동의는 동의라고 보기 어렵습니다.

타인의 의사를 이해하는 것이 중요한 만큼, 내 의사도 정확히 밝히는 것이 좋습니다. 'Yes'인지 'No'인지 분명하게 말하고, 만약 아직 잘 모르겠다면 결정을 못 했으니 시간을 달라고 하거나, 과감하게 'No'라고 표현하는 것이 좋습니다. 아직 잘 모르겠다는 건, 결과를 예상하고 책임질 준비가 되어 있지 않다는 의미일 수 있으니까요.

성관계를 하기에 적절한 나이가 있나요?

성관계를 할 수 있는 적절한 시기는 언제일까요?

과거에는 '첫 성관계=결혼'이던 시기가 있었지만, 현대에는 과학의 발달과 사회의 변화로 인해 성생활을 하더라도 결혼과 출산은 선택하지 않을 수 있게 되었죠.

성관계를 경험한 청소년의 비율이 과거에 비해서 조금씩 증가하고 있습니다. 특히 여성 청소년의 성관계 경험률이 높아지고 있지요. 그럼에도 여전히 남성 청소년의 성관계 경험률이 여성 청소년보다 높습니다.

질병관리청에서 발표한 2022년 청소년 건강행태조사에 따르면 여성 청소년 중에서는 3% 내외, 남성 청소년 중에서는 6~8% 정도가 성 경험이 있다고 해요. 2023년 한국보건의료원에서 발표한 연구보고서에서도 전국 성인 남녀약 3,300명 중 남성의 8.9%, 여성의 6%가 19세 이전에 성 경험을 했다고 응답했습니다.

물론 대다수 조사에서 한국인의 60% 이상이 20대 초반에 성관계를 경험한다고 나타나고 있지만, 청소년인 여러분도 성관계와 관련한 의사결정이 필요한 상황과 곧 마주칠 수 있는 것이지요. 누군가는 당장 오늘 고민에 빠져 있을 수도 있겠고요.

저는 성관계에 적절한 시기는 사람마다 다르다고 생각해요. 우리 모두는 언제 성적 행동을 할지 스스로 결정할 수 있습니다. 더 중요한 것은 파트너와의 합의죠. 나와 파트너 모두 충분히 성숙해야 하며, 자신의 선택을 책임질 준비가 되어 있어야 하지요. 책임감을 가지고, 파트너와 충분히 소통하여 신중하게 결정한 시기가 성관계를 하기에 적절한 나이일 것입니다.

휘둘리지 않는 나만의 기준 만들기

여러분 중에는 성관계를 계획하고 준비하는 사람도 있을 것이고, 나와는 거리가 먼 일이라고 생각하는 사람들도 있을 테지요. 언제가 되든, 성관계를 준비하며 '나의 기준'을 만들어 보면 좋겠어요. 어떤 관계에 있는 어떤 사람과, 어떤 분위기, 어떤 장소에서 하면 좋을지를 미리 고민해 보는 거예요. 만약 상대가 정해져 있는 경우라면 상대와 편안하고 평등한 분위기에서 함께 진지하게 생각해 보고 대화하는 과정 또한 필요합니다. 나의 생각과는 상관없이 상대방이 주도해서 알아서 하도록 두는 것도, 반대로 내가 미리 시나리오를 준비해서 상대방이 성관계에 동의하도록 유도하는 것도 좋은 방법은 아닙니다.

미리 고민해서 만들어 둔 기준이 있으면 성 행동에 대해 내 생각을 정리하고 전달하는 것이 수월해집니다. 기준이 없으면 예기치 못한 상황에서 얼떨결에 성적 접촉에 응하고 후회하는 상황이 생길 수도 있어요. 혹은 반대로 나는 서로 좋아하고 합의했다고 생각했는데, 상대방은 아니라고 할 수도 있는 것이지요.

어떻게 준비했느냐에 따라 성 경험에 대한 기억은 달라질 것입니다. 성관계가 파트너와의 사이를 가깝게 만들고 헤어진 후에도 미소를 지으며 떠올릴 추억이 될 수도 있지만, 부끄럽거나 슬픈 기억이 될 수도 있겠지요. 화가 나거나 아파서 딱히 기억하고 싶지 않을 수도 있습니다. 아니면 별 감흥이 없을 수도 있고요. 혹여 성 경험에 대해 이미 좋지 않은 기억이 있더라도, 괜찮아요. 앞으로 나의 기준을 만들고 새로운 기억을 만들어 가면 됩니다.

삶을 살아간다는 건, 무언가를 선택하고 결정하는 것의 연속입니다. 좋은 선택이 쌓이면 좋은 삶의 기반이 되어 주겠지요. 그러니 좋은 선택을 할 수 있는 자신만의 기준을 정립해 보아요. 우리가 사는 세상은 복잡하기 때문에 예상했던 것과 다른 결과가 발생할 수도 있지만, 선택의 순간에 최선을 다했다면 결과가 나쁘더라도 덜 후회할 수 있지 않을까요?

성적 지향? 성 정체성?

성적 지향은 개인이 누구에게 성적으로 끌리는지, 혹은 끌리지 않는지를 나타내는 개념이에요. 성적으로 끌린다는 것은 단순히 성관계를 하고 싶은 것만이 아니라, 친밀감이나 사랑을 느끼고 표현하는 것까지 포함합니다.

어떤 사람에게 설렘을 느끼고, 관심이 가고, 친밀해지고 싶고, 성적으로도 끌리는 건 성별과 상관없습니다. 어떤 관계든 상호 존중과 합의가 우선된다는 점은 동일하지요. 이성애자라고 해서 모든 이성에게 끌리지 않는 것처럼 동성에 끌린다고 해서 모든 동성의 사람에게 끌리는 것이 아닙니다. 사랑을 느끼고, 사귀기로 합의하고, 성적 제안을 하고, 성적 행동을 하는 과정은 이성애자이건 동성애자이건 다르지 않아요. 대등한 관계에서 자발적으로 동의의 과정을 거쳐야 하고, 동의했더라도 언제든지 철회할 수 있다는 사실도 똑같습니다.

우리 사회는 성 소수자를 교정하거나 혐오할 대상으로 여겨 차별하거나 배제해 왔습니다. 하지만 점차 인식이 달라지고 있지요. 성 소수자에 대해 보수적인 입장을 취해 왔던 로마 교황청도 2023년 12월 18일, 동성애를 '죄'로 규정해 온 전례를 뒤집고 사제들이 동성 커플들을 축복할 수 있도록 승인하기도 했어요.

성 정체성은 개인이 스스로를 어떤 성별로 인식하고 느끼는지를 나타내는 개념입니다. 이는 태어나며 정해진 성별과 다를 수 있어요. 생물학적으로는 여성의 염색체를 가지고 태어났지만 스스로를 남성으로 인식할 수도 있어요. 반대의 경우도 있고요.

생물학적인 성에서도 여성의 염색체인 XX, 남성의 염색체인 XY만 존재하는 것이 아니라 '간성'이 존재합니다. 간성은 생물학적 성별이 뚜렷한 남성 또는 여성의 기준에 맞지 않는 신체적 특징을 가진 사람을 의미해요. 염색체, 생식샘, 성호르몬, 성기 발달 등 다양한 요인으로 인해 발생하며, 선

천적으로 나타나는 경우가 대부분입니다.

성 정체성은 다양합니다. 크게는 태어날 때 의학적·법적으로 부여받은 '지정 성별'과 본인이 느끼는 성별 정체성이 일치하는 시스젠더, 지정 성별과 다른 성별 정체성을 지닌 트랜스젠더로 나뉘지요. 성적 지향도 성생활에 대한 관심이 적거나 전혀 없는 무성애자, 자신이 사랑하는 사람의 성별에 신경 쓰지 않는 범성애자, 성 정체성이나 성적 지향을 확립하지 못하거나 하고 싶어 하지 않는 퀘스처너리 등으로 다양하게 이야기되고 있습니다.

3

연애, 어떻게 하면 잘할 수 있지?

'장가간다'와 '시집간다'의 차이

성에 대한 사람들의 태도는 사회적인 맥락에 따라 달라져 왔습니다. 성 규범도 사회에 따라 다르게 형성되곤 하지요. 현재 대부분의 나라는 남성 중심의 가부장제 사회지만, 모계 사회의 풍습을 이어 오는 부족들도 있어요.

모계 사회의 여성은 가부장 사회의 남성과 다른 특성을 보입니다. 여성은 자신이 낳은 아이들과 함께 생활하지만 아이의 아버지와 가정을 이루지는 않아요. 아이의 아버지는 자신의 어머니와 형제, 남매들과 함께 생활하지요. 모계 사회라고 해서 여성이 권력을 갖는 모습이라기보다는, 자연스럽게 어머니를 중심으로 공동체가 형성된 형태라고 볼 수 있어요. 그러다 농경 사회로 넘어오면서 사유 재산이라는 개념이 생기고, 자원을 쟁탈하기 위한 전쟁도 일어나고, 남성이 자원을 소유하고 관리하는 가부장제 사회가 되면서 혼인 제도도 발달하게 됩니다.

가부장제 사회에서 혼인은 가문 간의 동맹을 강화하고, 재산과 권력을 유지하거나 확장하는 수단이었어요. 우리나라도 다르지 않았습니다. 여성 인권이 비교적 높았던 고려 시대에는 '장가간다'라는 표현처럼 남성이 여성의 집으로 들어갔는데, 가부장제가 공고해졌던 조선 시대에는 '시집간다'라는 표현처럼 여성이 남성의 집으로 들어갔지요. 이렇게 같은 한반도에서도 시대에 따라 성 규범이 다릅니다. 1970년대 한국의 성 규범과 2000년대 한국의 성 규범 또한 사뭇 다르지요. 성은 문화와도 관련이 깊고, 법과도 연결되어 있습니다.

사랑하는 사람과 결혼하는 게
당연하지 않았다고요?

여러분, 결혼은 사랑하는 사람과 하는 걸까요?

당연한 걸 왜 묻냐고요? 하지만 긴 인류 역사에서 사랑이 결혼의 중요한 기준이 된 건 200~300년 정도에 불과하답니다. 결혼을 노동력의 증식 혹은 가세 확장의 수단으로 여겼던 과거에는 집안에서 정해 준 사람과 결혼하는 것이 당연했거든요.

그렇다면 오랜 기간 이어진 결혼에 대한 생각이 어떻게 바뀔 수 있었던 걸까요? 여기에는 산업화와 함께 성장한 미디어가 큰 역할을 했습니다.

사람은 태어나 자라면서 여러 사람들과 교류하고 경험을 쌓아 갑니다. 이때 서로 소통하며 '공통의 경험'이 생기게 돼요. 어떤 사람이나 사건을 직접 경험하지 않더라도, 가족이나 친구들, 동네 사람들에게 그에 대한 이야기를 듣는다면 우리는 마치 같은 경험을 한 것처럼 느끼는 거지요.

미디어가 발달하기 전에는 사람들 사이의 소통이 시간과 공간의 제약을 받아 제한적일 수밖에 없었습니다. 그런데 산업 혁명 이후 신문, 라디오, 영화, TV 등 대중 매체가 발달하면서, 사람들은 시간과 공간의 제약을 넘어 소통하며 경험을 공유할 수 있게 되었습니다.

신문이 탄생했던 초창기, 일부 신문은 독자를 확보하기 위해 흥미 위주의 소설을 싣기 시작했습니다. 인쇄 매체가 발달하면서 등장한 다양한 잡지에도 소설이 연재되었고, 단행본 형태의 소설이 출판되기도 했죠. 소설 중에서도 특히 인기를 끌었던 것은 낭만적인 사랑을 이야기하는 소설이었습니다. 소설 속에는 집안의 반대를 무릅쓰고 사랑을 위해 목숨을 거는 젊은이들이 등장했지요.

그런 낭만적인 사랑은 이후 소설뿐만 아니라 드라마와 영화로도 계속해서 만들어졌어요. 많은 동화들 또한 위기에 처한 공주가 왕자를 만나 결혼을 함으로써 행복한 삶을 살게 되었다는 이야기를 들려주지요. 그런 것들을 보고 자란 사람들 사이에는 자연스레 결혼은 사랑하는 사람과 하는 것이라는 생각이 자리 잡게 되었습니다. 어려움을 이겨 내고 결혼에 골인하는 것이 행복한 삶으로 이어진다는 낭만적인 생각이 퍼지게 되었고요.

물론 누군가와 사랑하고 결혼하는 것으로 삶의 모든

문제가 해결되지는 않지요. 하지만 어쨌거나 우리는 사랑과 연애가 중요한 사회에 살게 되었습니다. 친밀한 감정으로 교류하고 관계를 유지하는 의미에서의 '연애'는 사회적 동물인 인간의 본성과도 가깝습니다.

조혼은 왜 문제가 될까요?

결혼을 하는 시기 역시 시대에 따라 달라져 왔는데요. 현대 사회는 유엔 아동 권리 협약에 따라 대부분의 국가가 18세 이상의 성인만 결혼이 가능하도록 정해 두고 있습니다. 어린 나이에 결혼을 하는 조혼을 아동 권리 침해라고 보기 때문이에요. 실제로 몇몇 나라에서는 조혼이 사회 문제가 되고 있어요.

조혼은 대체로 여성 청소년들의 성적 착취와 연관이 깊습니다. 매매혼이 발생하기도 하고, 임신으로 학업을 중단할 가능성이 크고, 경제적 자립이 어려워 남편의 폭력도 감수해야 하는 상황이 생기기도 하거든요.

설레고 보고 싶은 특별한 마음

짜증 날 때도 있고, 종종 갈등도 생기지만 그래도 가족은 가족이라서 좋고, 친구는 친구라서 좋습니다. 우리는 집에서 보는 가족과 학교에서 만나는 친구들을 비롯해, 동네에서 만나는 친절한 이웃들, 종교 기관, 봉사 단체, 소셜 미디어 등을 통해 다양한 사람들과 좋은 감정으로 교류하게 되지요.

그런데 혹시, 가족이나 친구들에게 느끼는 좋은 감정과는 다른 종류의 호감이 생기는 사람을 만난 적이 있나요? 보면 설레고, 안 보면 보고 싶고요. 물론 가족들이 보고 싶을 때도 있고, 친구를 만나러 가는 길이 설렐 때도 있지만 그것과는 조금 다른 간질간질한 마음이요.

누군가에게 특별한 감정이 생기면 상대방에게 잘 보이고 싶고, 상대의 마음이 알고 싶어집니다. 둘만의 시간을 보내고 싶고, 상대방이 좋아할 만한 행동을 하고 싶어서 상대방의 눈치도 보게 되지요. 이런 감정은 성별에 상관없이 생길 수 있습니다.

상대방도 나와 같은 마음이라는 것을 확인하면 연애를

시작하기도 하고, 아직 잘 모를 때는 '썸'을 타면서 서로 맞는 상대인지 알아보기도 합니다. 그러다가 연애를 시작하지 않고 마음을 정리할 수도 있고요.

좋아하는 감정이 생기는 이유, 즉 상대방에게 끌리는 이유도 사람마다 다릅니다. 외모에 끌리는 경우도 있고, 말이 잘 통해서, 어려운 상황을 함께 극복하면서, 같이 시간을 보내면서 좋아하는 감정이 생기기도 합니다.

연애는 즐겁고 흥미로운 경험이 될 수 있지만, 상처를 주고받을 수도 있기 때문에 신중하고 책임감 있게 접근하는 것이 좋습니다. 물론 누군가를 좋아하는 감정은 마음처럼 안 될 때가 많지만요.

'좋은 연애'를 하려면 어떻게 해야 할까요?

'좋은 연애'란 무엇일까요? 그리고 좋은 연애를 하려면 어떻게 해야 할까요?

사람마다 각자의 정의가 있겠지만 좋은 연애는 서로의 성장을 돕습니다. 각자가 가진 꿈과 목표를 지지하고 함께 성장하는 관계이지요. 때로 갈등이 발생하더라도 이를 피하지 않고 함께 해결하면서 서로를 더 깊이 이해하게 될 수도 있습니다. 혹여 언젠가 여러 이유로 관계를 끝맺게 되더라도, 서로 납득할 수 있는 과정을 거친다면 이별 후에도 상처가 아닌 좋은 경험으로 기억할 수 있을 거예요.

좋은 연애를 위해서는 먼저 나를 알아야 합니다. 가치관, 신념, 좋아하는 것, 싫어하는 것, 삶의 목표 등 나에 대해 잘 알면 다른 사람과도 건강한 관계를 맺을 수 있어요. 그리고 상대방의 생각과 감정을 존중하고 신뢰하는 것이 중요합니다. 그러려면 충분한 소통이 뒷받침되어야 하지요.

살다 보면 화가 날 때도 있고, 상대와 갈등이 생길 수도 있어요. 그럴 때는 어떻게 하는 것이 좋을까요? 화를 잘못 내면 상대방이 상처받거나 싸움으로 번질 수 있고, 그렇다고 화를 참으면 스트레스로 병이 생길 수 있습니다. 화가 났을 때 가장 좋은 방법은 우선 마음을 조금 가라앉힌 후에, 차분히 내 마음을 표현하는 것입니다.

"메시지를 읽었으면서 답이 없으면, 나는 네게 무슨 일이 생겼나 걱정되기도 하고, 나를 무시해서 답이 없는 건가 화가 나기도 해. 이럴 땐 내가 어떻게 하면 좋을까?" 이렇게 나의 감정과 상태, 화가 난 이유를 말하고 상대방의 의견을 묻는 거지요.

때로는 시간이 지나면서 갈등이 자연스럽게 해소되기도 합니다. 말하지 않아도 서로 무엇이 문제였는지를 알고 조심한다면 괜찮겠지요. 하지만 비슷한 상황이 다시 반복되면 관계를 힘들게 할 수 있어요. 사소한 문제인 것 같아 굳이 표현하지 않았는데, 그렇게 말하지 않았던 것들이 쌓여 큰 갈등으로 이어지기도 합니다. 그러니까 내가 어떤 상황에서 어떤 감정을 느끼는지를 항상 살피고, 상대에게 현명하게 표현할 수 있어야겠지요.

각자의 삶을 존중하는 자세도 필요합니다. 연애를 한다고 해서 상대방과 늘 함께할 수 없지요. 가족이나 친구들과 보내는 시간, 혼자 보내는 여가 시간, 취미 활동을 하는 시간, 진로를 위해 공부하고 준비하는 시간 등이 모두 중요합니다. 연애에만 너무 몰입하는 것은 개인의 삶에도, 좋은 관계에도 도움이 되지 않을 거예요. 함께하는 시간과 각자의 일상의 균형을 잘 맞추어야 건강한 관계를 만들 수 있겠지요.

간혹 연애를 하면 상대방의 '여사친'이나 '남사친' 등 이성인 친구 관계를 지나치게 통제하려는 경우가 있는데,

이는 바람직하지 않을 수 있어요. 이 세상의 절반은 남자고 절반은 여자인데, 연애 상대 외의 이성과 인간관계를 맺을 수 없다면 원활한 사회생활이 어렵겠지요. 이성과도 얼마든지 친구로 지낼 수 있습니다.

열 번 찍어 안 넘어가는 나무 없다고?

좋아하는 감정이 일방적인 것이 아니라 서로 통한다면, 합의를 통해 특별한 관계가 되기도 합니다. 이때도 소통이 중요하지요. 상대방도 나와 비슷한 감정을 느끼고 있는지, 같은 생각을 가졌는지 확인하는 과정을 거쳐야 합니다.

내 감정만 중요하게 여기고 상대방의 감정을 알려고 하지 않으면 안 되겠지요. 예를 들어 내가 얼마나 좋아하는지를 표현하기 위해 상대방에게 계속해서 메시지를 보내는 일, 집 앞에서 기다리는 일, 다른 사람들에게 내가 이 사람을 좋아한다고 공표하는 일 등은 조심해야 합니다. 적극적이고 용기 있는 애정 표현이라고 생각하는 사람도 있겠지만, 상대가 원하지 않는다면 그건 폭력이에요.

'열 번 찍어 안 넘어가는 나무 없다.'라는 속담이 있습니다. 하지만 찍어서 넘어뜨리는 걸 사랑이라 할 수 있을까요? 그 자리에서 잘 살고 있던 나무를 넘어뜨려서라도 갖고 싶어 하는 마음을 사랑에 비유하는 건 적절하지 않습니다. 상대방이 동의할 때까지 적극적으로 밀어붙이는 것은 동의가 아니라 압력입니다.

적극적인 남자, 사랑받는 여자?

'난 남자니까 이래야 해.', '난 여자니까 이래야 해.' 같은 생각을 해 본 적이 있나요? 평소에는 그런 성별 고정 관념에 크게 얽매이지 않던 사람들도, 유독 연애를 시작하면 사회적인 성 역할을 신경 쓰게 되기도 해요.

대표적인 성별 고정 관념 중 하나가 '적극적인 남자, 사랑받는 여자'입니다. 남성은 사랑을 베푸는 주체로서 여성을 보호해 주고, 여성의 문제를 해결해 주어야 한다는 것이지요. 데이트 신청이나 첫 스킨십 시도 등 관계의 진전을 위해 용기를 내는 것도 남성의 역할이라고들 생각합니다.

반대로 여성은 착하고 순종적이며, 남성에게 선택받고 사랑받아야 한다는 통념이 있지요.

드라마에서도 남성 인물은 이벤트를 계획하고 선물을 주는 등 사랑을 표현하고, 본인의 재력과 능력을 활용하는 모습이 강조됩니다. 반면 여성 인물의 경우에는 본인의 능력보다 남성의 도움을 통해 어려움을 극복하는 모습이 많이 나타나지요.

이러한 성별 고정 관념은 좋은 관계를 방해합니다.

서로 돌보는 관계를 위해

연애 관계에서 '밀당(밀고 당기기)'을 한다는 표현을 들어 보았나요? 관계에서 주도권을 갖기 위해 상대의 반응을 살피고 심리전을 펼치는 것인데요. 이런 행동은 내가 원하는 대로 상대가 맞춰 주기를 바라는 심리에서 기인합니다. 관계를 우위와 권력의 관점에서 바라보는 것이지요.

반면 '돌봄 관계'는 서로가 건강하고 좋은 삶을 살 수 있도록 함께 노력하는 관계예요. 서로를 돌본다는 것은 무엇일까요? 상대의 일상에 관심을 갖고, 상대가 힘들 때 곁에서 격려해 주는 것, 좋은 일이 있으면 함께 기뻐하고 축하하는 것, 꿈을 이룰 수 있도록 응원해 주는 것 등일 것입니다.

서로 돌보는 관계는 상대의 고유한 삶을 존중하지만 권력에 기반한 관계는 상대의 사생활에 간섭합니다. 관심은 상대를 이해하고 싶은 마음이라면 간섭은 상대를 내 기준에 맞게 바꾸려는 것이지요. 의지할 수 있지만 의존하지는 않는 관계, 각자의 삶을 잘 꾸려 나가면서도 함께하는 삶을 위해 협력하는 동반자 관계를 만들어 가는 건 어떨까요?

연애를 위한 몇 가지 팁

친구에게 전하는 편지

사랑에 빠지는 순간을 경험해 본 적이 있니? 어느 날 갑자기 어떤 사람에게 빛이 나면서 주변 사람들은 배경처럼 흐릿해지는 그런 거. 아니면 조금씩 스며들듯이 상대를 좋아하는 마음이 생겨날 수도 있어. 상대가 먼저 내게 관심을 표현해서 나도 상대가 궁금해질 수도 있고.

일단 사랑에 빠지면 하루 종일 그 사람을 생각하게 되지 않아? 학교나 학원처럼 일상 속에서 자주 마주칠 수 있는 환경이라면, 나도 모르게 자꾸 그 사람이 어디 있나 두리번거리게 되기도 하고. 그래서 친한 친구라면 내가 어딘가 수상하다는 걸 눈치챌 수도 있을 거야.

짝사랑으로만 끝낼 게 아니라면 둘의 관계를 만들어 가야겠지? 아마 가장 어려운 첫 번째 관문이 상대에게 내 마음을 고백하는 일일 거야. 좋아하니까 사귀고 싶다고 말할 수도 있고, 주말에 같이 영화를 보자고 해 볼 수도 있겠지.

아, 처음부터 사랑한다고 말하면 안 되냐고? 워워……. 진정하라구. 사랑한다는 감정이 생기고, 그걸 상대에게 전하고 싶은 마음이 들 수 있어. 하지만 지금 내가 좋아하는 게 진짜 그 사람일지 아니면 내가 만들어 낸 이미지일지는 아직 알 수 없거든. 상대를 만나서 대화를 나누어 보고 알아가는 과정이 필요하지.

또 한 가지 주의할 게 있어. 공개 고백은 하지 말자는 거야. 간혹 드라마에서 공개적으로 고백을 하고, 주변 사람들이 환호하는 장면을 볼 수 있지. 그런 장면이 낭만적으로 느껴진다면, 일단 드라마라서 그럴 수 있어. 시청자 입장에서는 이미 두 사람이 서로를 좋아한다는 사실을 알고 있으니까. 하지만 실제로 그렇게 다른 사람들이 있는 앞에서 마음을 고백한다면 상대에게는 폭력적으로 느껴질 수도 있어. 만약 상대방도 고백을 기다려 왔고, 연애 관계가 주변에 알려지는 게 괜찮다면 상관없겠지만……. 그건 물어보기 전까지는 모르는 일이잖아? 사귈 생각이 없거나, 사귀더라도 주변에는 알리고 싶지 않은데 공개 고백을 받으면 무척 불편하고 난감할 거야. 나는 사귈 생각도 없는데 주변 사람들이 고백을 받아들이라고 부추기는 분위기가 된다면 부담스러울 수밖에.

처음에 가장 부담 없는 제안은 같이 놀러 가자는 정도일 거야. 상대도 너에게 관심이 생겨서 제안을 받아들이고, 같이 시간을 보내면서 더 알아 가고 싶다는 생각이 들면 좀 더 친밀한 관계로 진전될 수도 있겠지.

연애를 시작하게 되었다고? 우선 축하해. 시작하는 단계에서의 팁을 주자면, 서로 어떤 행동을 좋아하고 싫어하는지, 연락은 얼마나 자주 하는 게 좋은지, 데이트는 어떻게 하는 게 좋은지 등에 대해 충분히 대화를 해 보는 게 좋아. 시도 때도 없이 연락하거나, 나는 친구나 가족과의 일상도 중요한데 너무 자주 자기만 만나자고 하거나, 한쪽이 좋아하는 방식으로만 데이트를 기획하지 않도록, 의견을 나누고 합의를 보는 과정이 필요해. 서로의 생각이 다를 수 있거든. 특히 데이트는 언제, 어디서, 무엇을 할지 같이 논의해서 정하고, 예산 계획도 세우고, 비용은 어떻게 분담할지도 합의해야겠지.

비용은 공평하게 나누는 게 좋겠지만, 용돈을 많이 받는 사람이 좀 더 낼 수도 있고, 특별한 날에 한쪽이 부담할 수도 있을 거야. 중요한 건 서로의 상황에 맞춰서 부담스럽지 않으면서도 즐거울 수 있도록 하는 거겠지? 생각해 보면 돈도 많이 안 들고, 성장에 도움이 되면서 즐겁게 시간을 보낼 수 있는 방법은 많아. 산책, 자전거, 배드민턴 등 활동적인 데이트를 할 수도 있고, 여름엔 시원하고 겨울엔 따뜻한 도서관에서 함께 책을 읽을 수도 있지. 찾아보면 무료로 볼 수 있는 전시회도 많고. 어떻게 시간을 보내든 중요한 건 함께 있다는 거지.

그런데 함께라는 게 항상 즐거운 건 아냐.

서로 좋아한다고 해도 각자 살아온 방식이나 가지고 있는 생각이 다르기 때문에 갈등이 생길 수 있어. 그건 당연한 일이야. 갈등이 없는 관계는 존재하기 어렵거든. 그러니까 너무 걱정하진 마. 충분히 대화하면 얼마든지 좋은 방향으로 갈등을 풀어 나갈 수 있을 거야. 그러면서 두 사람 모두 더 좋은 사람으로 성장하게 될 거고.

그리고…… 이별은 언제든 찾아올 수 있어.
어느 한쪽의 마음이 식거나, 둘 다 식을 수도 있고, 심지어는 다른 사람에게 마음이 가는 상황이 발생할 수도 있지. 둘 다 어느 정도 준비된 상황이라면 쉽게 이별할 수 있겠지만, 한쪽이 정리되지 않은 상황이라면 시간이 필요할 거야.
그래도 너무 시간을 길게 끌진 않았으면 좋겠어. 억지로 관계를 이어 나가지도 말고. 앞으로 살아갈 날이 많잖아. 10대에 만나서 결혼하고 평생을 동반자로 살아가는 사람도 있지만, 그렇게 일생 동안 한 사람만 사귀는 사람이 얼마나 될까. 이별은 연애를 하는 많은 사람들이 숱하게 경험하는 일일 뿐이야. 다만 나와 상대방 모두를 위해 예의 있게, 안전하게 이별하는 게 좋겠지.

당장은 보고 싶고 힘들 수 있지만 시간이 지나면 괜찮아져. 사람의 뇌가 그렇거든. 만약 어떻게든 상대의 마음을 돌려놓고 싶은 생각이 든다면, 잘 생각해 봐. 서로 좋아해서 만나기로 합의했던 것처럼, 상대방이 더 이상 연애 관계를 유지하지 않길 바란다면 그 의견도 존중하는 것이 좋겠지. 마음은 아프지만.

만약에 네가 다른 사람을 좋아하는 마음이 생긴다면, 먼저 기존의 관계가 정리된 후에 새로운 관계를 시작하길. 지금까지 좋아했고 사귀었던 사람에 대한 최소한의 예의는 지키는 게 좋으니까. 새로 관계를 시작하고 싶은 상대도 아마 이해해 줄 거야. 만약 그걸 기다리지 못하겠다고 말한다면, 차분히 생각해 보는 게 좋을 것 같아. 내 상황이나 생각을 존중하지 않는 사람일 수도 있으니까 말이야.

헤어진 후에 어떤 관계로 남을지에 대해서도 대화를 나누는 게 좋겠지. 계속 좋은 친구로 남을 수도 있고, 안부 정도는 묻는 사이로, 그냥 아는 사이로, 혹은 인사도 안 하는 사이로 남을 수도 있는데, 정답은 없어. 둘이 어떻게 합의하느냐가 중요하겠지.

눈치챘겠지만, 중요한 건 소통하는 거야. 내 마음을 잘 알고, 표현하고, 평등한 유대와 돌봄의 관계를 함께 만들어 가길 바라. 혹시 내 마음을 표현하는 게 불편하다면, 무엇이 문제인지 관계를 다시 성찰해 볼 필요가 있을 거야.

연애하면서 때로는 상처받고 속상할 수도 있겠지만, 다른 사람과 가까운 관계를 맺는 과정에서 나 자신을 더 깊이 알게 될 수도 있어. 타인을 이해하는 방법, 이별을 극복하는 방법을 배우며 조금씩 성장하게 될 거야.

좋은 사람을 만나서 건강한 연애를 하고, 행복한 추억을 많이 쌓아 나가길 응원할게.

P. S. 연애할 때 함께 기록한 추억들을 어떻게 할 것인지도 꼭 이야기를 나누길 바라. 사진은 삭제할 것인지 간직할 것인지, SNS에 남은 추억들은 어떻게 할 것인지 말이야. 특히 문제가 될 만한 게 있다면 함께 지우는 게 좋겠지.

4

그건 농담이 아니라
폭력이에요

「선녀와 나무꾼」은 범죄 이야기?

조금 식상하게 느껴질 수도 있지만, 「선녀와 나무꾼」 이야기를 해 볼까요? 우연히 위기에 처한 사슴을 구해준 나무꾼은 사슴의 도움으로 선녀를 만나게 됩니다. 사슴이 알려 준 대로 선녀의 날개옷을 훔쳐서, 선녀와 결혼해 아이를 낳고 살게 되지요. 그러나 선녀를 믿고 숨겨 두었던 날개옷을 보여 주었더니 선녀가 아이들을 데리고 도망을 가 버립니다. 나무꾼 입장에서 이 이야기는 선녀에게 버림받은 안타까운 이야기일 것입니다.

하지만 선녀의 입장에선 전혀 다른 이야기가 되죠. 평소처럼 연못에서 목욕을 하고 있었을 뿐인데, 집에 가려고 보니 옷이 없어져서 산에 홀로 남게 됩니다. 언제 맹수가 나타날지 모르는 어두운 산속에서 두려움에 떨고 있었겠죠. 그때 낯선 나무꾼이 나타나 날개옷을 가지고 있으니 따라오라고 합니다. 선녀는 어쩔 수 없이 나무꾼을 따라갔을 것입니다. 다른 선택지가 없었으니까요. 선녀는 나무꾼을 따라가면 옷을 돌려받을 거라 기대했는데, 나무꾼은 옷은 안 주고 갑자기 자신과 결혼하자고 합니다. 집으로 돌아갈 방법도, 아는 사람도 없는 상황에 처한 선녀는 나무꾼과 함께 살 수밖에 없었지요.

나무꾼은 범죄자라고 볼 수 있습니다. 옷을 훔쳤으니 절도죄요, 선녀의 궁박한 상황을 이용해 자유를 빼앗았으니 '약취 유인'의 죄도 지었네요. 나무꾼의 아내로 살게 된 선녀는 행복했을까요? 답은 사슴의 말에서 유추해 볼 수 있습니다. 사슴은 나무꾼에게 '아이를 셋 낳을 때까진 선녀에게 날개옷을 보여 주지 말라.'라고 신신당부합니다. 이미 사슴은 선녀가 나무꾼의 아내로 살기를 원하지 않을 걸 알았던 거죠. 그래서 선녀가 아이를 많이 낳아 아이들 모두 하늘로 데려갈 수 없게 될 때까지 나무꾼에게 옷을 보여 주지 말라고 한 겁니다. 선녀는 아이를 두고 갈 수 없어, 체념한 채 땅에서 살 것이라 생각한 것입니다. 다행히 선녀는 아이를 둘 낳았을 때 날개옷을 되찾아, 두 아이를 양팔에 끼고 하늘로 올라갔지만요.

선녀가 하늘로 돌아갈 수 있었던 이유

어쩌면 선녀가 아이들을 데리고 하늘로 돌아갈 수 있었던 건, 하늘에서 받아 주었기 때문에 가능했을 것 같습니다. 그게 무슨 말이냐고요? 조선 시대 여성이 선녀와 같은 상황이었다면 집으로 돌아갈 수 없는 경우가 많았어요. 조선 시대에는 결혼하면 시가의 귀신이 되어야 한다며, 사기 결혼을 당했어도, 폭력 피해를 입었어도, 심지어 남편이 죽었어도 친정에선 딸을 다시 받아 주지 않았기 때문입니다.

『삼국유사』에 나오는 선화 공주와 서동의 이야기를 생각해 볼까요? 삼국 시대, 신라의 선화 공주를 흠모하던 백제의 서동은 '선화 공주가 밤마다 서동을 찾아간다.'라는 노래를 퍼뜨립니다. 물론 가짜로 지어낸 이야기였지만, 선화 공주는 불경한 소문 때문에 궁궐에서 쫓겨나게 돼요. 공주 신분에서 하루아침에 갈 곳 없는 처지가 된 것이지요. 서동은 그러한 선화 공주와 만나 결혼에 성공합니다. 서동의 입장에서 이 이야기는 지략을 써서 공주와 결혼하는 성공 스토리입니다.

그런데 선화 공주의 입장에선 어떨까요? 있지도 않은 일이 추문으로 퍼지고 있다는 사실을 알았을 때 선화 공주는 어땠을까요? 우선 억울하고 화가 나지 않았을까요? 하루빨리 잘못된 소문을 바로잡고, 공주의 신분을 되찾고 싶었을 것입니다. 서동은 명예 훼손과 모욕 범죄에 대한 처벌을 받았어야 하고요.

하지만 당시 사회 분위기는 사실 여부와 상관없이 성과 관련한 추문에 휩싸인 여성은, 심지어 공주라고 할지라도 일상으로 돌아갈 수 없었나 봅니다. 그래서 선화 공주는 떠밀리듯 적국의 사람과 결혼해야 했고, 남편과 친정 국가가 전쟁을 치르는 것을 견뎌야 했죠.

이렇게 같은 이야기라도 선녀의 시선에서 보는 것과 나무꾼의 시선에서 보는 것, 서동의 입장과 선화 공주의 입장에서 보는 것이 다른데요. 성도 그렇습니다. 나이, 성별, 지위, 문화 등에 따라서 사람들은 다른 관점으로 성을 바라보지요.

　사회적 통념과 상식은 대부분 그 사회에서 주류인 사람들을 기준으로 만들어져요. 그러다 보니 사회적 약자의 목소리는 반영되지 않는 경우가 많습니다. 그래서 '이게 상식이지.' 혹은 '당연한 거 아냐?' 싶은 일도 그게 정말 모든 사람에게 당연한 것인지, 누군가를 배제하고 있지는 않은지 의심해 볼 필요가 있어요.

'정조'를 잃을 바엔 죽으라고요?

　조선 시대 여성들은 은장도를 늘 몸에 지니고 다녔어요. '정조'를 잃을 위기의 순간에는 차라리 스스로 목숨을 끊어서 정조를 지켜야 한다는 사회적 압박 때문이었지요.

　'정조'를 지킨다는 것은 쉽게 말해 배우자 이외의 사람과 성관계를 갖지 않는 것인데요. 여성과 달리 당시 남성의 경우 여러 명의 첩을 두는 것이 합법이었고, 오히려 '능력'

으로 여겨지기도 했습니다. 남성에게는 정조를 지키는 것이 요구되지 않았던 것이지요. 이에 대해 여성 배우자가 불만을 가지면 집에서 내쫓을 수 있다고 교육하기까지 했습니다. '질투'를 아내를 내쫓을 수 있는 일곱 가지의 죄(칠거지악) 중 하나라고 가르쳤지요.

이처럼 우리 사회에는 여성의 몸과 남성의 몸을 동등하게 존중하지 않는 태도가 오랜 시간 자리해 왔습니다. 여성의 몸은 남성의 혈통을 잇는 임신과 출산의 수단으로, 세계 곳곳의 전쟁 속에서 정복의 대상으로, 남성에게 성적 즐거움을 주는 도구로 여겨지곤 했어요. 여성이 주체적으로 성적인 행동을 할지, 하지 않을지 결정할 수 없는 경우가 많았지요. 심지어 여성이 성적인 즐거움을 느끼지 못하도록 여성 성기의 일부를 제거하는 일이 지금도 일부 나라에서 일어나고 있습니다.

성범죄 피해는 '씻을 수 없는 상처'인가요?

왜곡된 순결과 정조가 강조되던 시절, 강간 피해자들

은 범죄의 피해자임에도 '정조를 잃은 여성'이라고 도리어 손가락질을 받았습니다. 그러니 강간당했다는 말을 할 수도 없었지요. 심지어는 정조를 잃었기 때문에 성폭력 가해자와 결혼하는 여성들도 많았습니다. 가해 남성들은 결혼하고 싶은 여자가 있으면 성폭력을 가하는 것을 '도장 찍는다.'라고 표현했었죠.

1891년에 발표된 토머스 하디의 소설 『테스』는 여성에게 성폭력이 어떤 의미인지를 잘 보여 줍니다. 주인공 테스는 친척 집에 하녀로 보내졌다가 강간을 당합니다. 시간이 흐른 후 사랑하는 남자를 만나지만 과거의 강간 피해 사실이 흠이 된다고 생각해 결혼을 망설이지요. 상대의 끊임없는 구애로 결국 마음을 열어 결혼식을 올린 첫날밤, 남편이 과거의 성관계 경험을 이야기하는 것을 듣고 테스는 용기 내어 과거 피해 사실을 털어놓습니다.

그러자 남편은 배신감을 느꼈다며 테스를 두고 떠납니다. 갈 곳 없이 혼자 남겨진 테스는 경제적 궁핍으로 인해 강간범과 함께 살게 됩니다. 결말에서 테스는 강간범과 다투다 실수로 그를 살해하고, 이로 인해 결국 사형을 당하게 됩니다.

남자의 혼전 성 경험은 아무런 문제가 되지 않지만 여성의 성폭력 피해는 용서받아야 할 일이 되고, 성폭력 가해자는 아무런 처벌을 받지 않는 모순은 가부장제와도 관련이 깊습니다. 과거에 성폭력은 피해자의 인권을 훼손하는 죄가 아니라, 가부장제 속 소유물인 여성의 가치를 훼손하는 죄로 여겨졌지요. 이러한 인식은 우리나라뿐만 아니라 많은 나라에서 있었습니다. 1995년에서야 우리나라 형법은 성폭력을 '정조의 죄'에서 '강간과 추행의 죄'로 바꾸었습니다.

불쾌함에는 이유가 있다

몇몇 대학교에서 일명 '단톡방 사건'이 논란이 된 적이 있어요. 남학생들끼리 모인 단체 메신저 대화방에서 여학생들을 성희롱했다는 사실이 알려져 문제가 되었지요.

단톡방 성희롱은 왜 문제인 걸까요? 사람은 사회적 동물이기에 많은 사람들과 다양한 관계 속에서 살아갑니다. 그러나 누군가와 성적으로 친밀해지는 일은 특별한 관계일 때에만 가능합니다. 썸도 타고, 대화도 충분히 하고, 천천히 가까워지면서 관계를 쌓아 가는 것이지요.

그런데 이러한 맥락과 동의 없이 누군가가 나를 성적 대상으로 평가하는 것은 아주 불쾌하고 화가 나는 일입니다. 어제까지만 해도 친구로 생각했던 사람들이 뒤에서 나를 성희롱하고 있었다는 사실을 알게 되면, 상처를 받을 수도 있고 앞으로 그 사람들을 어떻게 대해야 할지 혼란스럽기도 할 거예요.

과거에는 '성희롱'이라는 용어가 없었습니다. 그래서 여성들은 불쾌한 일을 당하고도 뭐라고 설명해야 할지 몰라 답답한 경우가 많았지요. 저는 초등학교 5학년 때 버스 안에서 어떤 아저씨가 제 몸을 만져 놀란 적이 있습니다. 그때는 '성'이라는 것을 잘 모르던 때였는데도 무척 기분 나쁘고 불쾌한 기억으로 계속 남았어요. 나중에 친구들과 이야기하다 보니 저와 비슷한 경험을 한 친구들이 많아서 놀라기도 했습니다. 그만큼 흔하게 겪는 일이었던 것이지요.

중학교 1학년 때의 일도 기억이 납니다. 생리대가 우리나라에 들어온 지 얼마 안 되어 TV에서 광고를 하던 무렵이었어요. 생리대가 여성에게 자유를 준다는 의미에서 'Free', 'Freedom' 등의 광고 문구나 상표를 쓴 경우가 많았는데,

당시 남학생들이 여학생들 앞에서 시시덕거리면서 이 단어들을 언급하곤 했어요. 설명하기 어려운 불쾌한 느낌에 불편하다고 말해도, 남학생들은 자유를 이야기하는 것뿐인데 왜 그러느냐며 그런 말들을 계속했습니다. 남학생이 여학생의 속옷을 잡아당기며 괴롭혀도, 일방적으로 성적인 말을 해도 그런 행동들이 왜 문제인지 설명할 수 있는 단어가 없었어요.

그러다 1993년, 모 대학 교수가 조교를 성희롱한 사건이 한국 최초로 법적인 문제로 제기되면서 성희롱이라는 말이 등장하게 되었습니다. 그간 당해 왔던 폭력에 이름이 붙여지면서 비로소 여성들은 불편함을 설명할 수 있게 되었습니다. 지금은 한 걸음 더 나아가서, '희롱'이라는 단어가 자칫 가볍게 여겨질 수 있으니 '성적 괴롭힘'이라는 표현이 더 정확하다는 목소리도 나오고 있어요.

너와 나 사이에는 힘의 차이가 있다

"그냥 장난이었어요." 학교 폭력이나 성희롱 가해자

들이 많이 하는 변명입니다. "예능을 다큐로 받아들인다.", "웃자고 말했는데 죽자고 덤벼든다." 같은 말도 있죠. 분위기를 풀려고 농담을 했을 뿐인데 듣는 사람이 너무 예민하게 반응하여 분위기를 싸하게 만든다고 핀잔을 주는 것입니다.

그러나 말한 사람의 의도와 상관없이 누군가 불편함을 느꼈다면 폭력이 될 수 있습니다. 모두가 함께 즐거워야 장난입니다. '장난'을 친 사람은 즐거운데 대상이 된 사람이 불편하고 힘들었다면 그것은 장난이 아니에요. 다른 사람의 즐거움을 위해, 많은 사람들이 즐거워하는 분위기를 망치지 않기 위해 누군가 참고 견뎌야 한다면 그것은 폭력입니다.

장난이라는 이름의 폭력 속에는 힘이 작동해요. 자기보다 힘 있는 사람을 대상으로 장난을 치는 경우는 많지 않습니다. 그건 용기가 필요한 일이니까요. 권력을 가진 사람을 희화화하는 것은 '해학'이라고 합니다. 해학은 권력에 저항하는 태도이기에 약자에게 해방감을 주지요. 조선 시대의 '봉산 탈춤'을 대표적인 예로 들 수 있겠네요. 평소에는 신분이 높은 양반이 시키는 대로만 해야 했던 평민들이, 양반을 우스꽝스럽게 표현한 탈춤을 보면서 마음의 응어리를 조금은 풀 수 있는 예술이었지요.

그러나 약자를 향한 강자의 장난에는 이러한 해학과 해방감이 없습니다. 성과 관련된 농담에서 여성들이 불편함을 느끼는 이유는 우리 사회에 여성에 대한 차별과 혐오가 존재하고 있기 때문입니다. 내가 여자라는 이유로 동등한 인격체로 보지 않고 남자들의 즐거움을 위해 이용되는 것은 불쾌한 경험일 수밖에요.

성적인 농담의 적정선은 어디까지인가요?

성을 주제로 대화를 나누는 것 자체가 문제는 아닙니다. 우리는 성에 대해 진지하게 토론할 수도 있고, 편안한 분위기에서 농담을 주고받을 수도 있지요.

하지만 그것이 약자를 희화화하거나, 다른 사람을 불편하게 해서는 안 됩니다. 나는 문제가 아니라고 생각해서 말했어도, 분위기가 이상하거나 누군가 불쾌함을 표현한다면 바로 멈추고 사과해야 하는 것이지요.

성과 관련한 이야기를 할 때는 상대방의 반응을 민감

하게 살피려는 노력이 필요합니다. 특히 관계에 위계가 존재하고, 상대방이 약자라면 거절의 의사를 표현하기 어려울 수 있으니 더욱 조심스러운 태도가 필요해요.

여성의 가슴은 왜 야하게 느껴질까요?

몇 년 전, 게임의 즐거움과 유해성을 주제로 토론회를 개최한 적이 있습니다. 청소년들이 주도해 만든 자리였어요.

한 청소년이 게임 속의 여성 캐릭터를 주제로 발표했습니다. 발표자는 게임 속에서 전투하는 캐릭터를 성별로 비교하면서 남성 캐릭터는 자기 몸을 보호할 수 있는, 전투에 최적화된 복장을 하고 있는 반면 여성 캐릭터는 몸을 드러내는 복장으로 전투를 한다는 점을 지적했습니다.

이뿐만 아니라 "게임에서 지면 남성 캐릭터는 그냥 죽는데 여성 캐릭터는 기괴한 표정과 자세로 특정 신체 부위가 강조되며 죽는다."라며 "게임 속 여성 캐릭터의 복장과 묘사는 음란물 속에서 여성을 표현하는 방식과 비슷한 것 같다."라고 비판했습니다.

실제로 여러분도 게임을 해 보았다면 성적 대상으로 묘사된 여성 캐릭터를 본 경험이 있을 거예요. 게임뿐만 아니라 여러 매체와 콘텐츠에서, 사람들과의 대화 속에서 여성을 성적으로 강조하여 묘사하는 것을 자주 접하게 됩니다. 특히 여성의 가슴이 성적 대상으로, 즉 '야한 것'으로 자주 묘사되지요.

남성에 비해 여성의 가슴이 발달한 이유는 아기에게 젖을 먹이기 위해서입니다. 여성의 가슴이 유독 성적 대상으로 인식되는 것은 사회적·문화적인 영향이에요. MBC에서 방영되었던 다큐멘터리 「아마존의 눈물」(2009~2010)에는 아마존강 유역에 사는 조에 족의 생활 모습이 담겨 있는데요. 이들은 비교적 문명의 영향을 덜 받고 또 기온이 높은 지역에 살고 있지요. 그러다 보니 부족 사람들의 옷차림은 가볍습니다. 남성들뿐 아니라 여성들 또한 가슴을 드러내고 생활하는데요. 부족 사람들은 이 점을 특별히 의식하지 않지요. 여성의 가슴을 야하게 느끼는 인식은 자연스러운 것이 아니라 사회와 문화의 영향을 받았다는 것을 알 수 있는 대목입니다.

도구가 된 몸, 상품이 된 몸

현대 사회는 상품을 생산하고 판매하며 굴러가는 자본주의 사회입니다. 사람들이 계속해서 상품을 구매해야 유지되는 시스템이지요. 그래서 이 사회는 사람들이 돈을 쓰도록 하기 위해 여러 방법을 사용하는데, 그중 하나가 '광고'예요.

사람들의 시선을 끌고 소비 욕구를 불러일으키기 위해 광고에서는 여성의 몸을 마치 상품처럼 전시하곤 합니다. 여성의 몸은 얼굴, 가슴, 다리, 엉덩이 등 조각조각 나뉘어 평가되었습니다. 자본주의 사회가 여성의 성적 대상화에 영향을 준 것이지요.

'미스 코리아'라는 미인 선발 대회, 들어 본 적 있지요? 우리나라 외에도 곳곳에서 '미인 대회'를 합니다. 수영복을 입고 몸매를 훤히 드러낸 여성들이 자기 신체 사이즈를 공개하고 평가를 받지요. 이렇게 여성의 몸을 상품처럼 전시하면서, 여성들에게는 사회적으로 '아름답도록' 몸을 가꿔야 한다는 압박이 커졌습니다. 그리고 그러한 이상과 거리가 먼 몸은 열등하게 취급되기도 했어요.

반대로 여성에게 눈을 제외하고 몸을 모두 가리는 복장을 하도록 강요하는 문화도 있습니다. 이러한 문화는 여성의 몸을 노출하는 문화와 양상은 다르지만, 여성의 몸을 대상화된 시선으로 바라본다는 점에서는 일맥상통하지요.

대상화는 사람을 하나의 인격체로 존중하지 않고, 소유하거나 이용할 수 있는 물건처럼 여기는 것이에요. 이때 대상화된 사람의 주체성과 인권은 존중되지 않지요. 여성의 몸을 성적 도구이자 상품으로 여기고 전시하는 문화 속에서는 여성을 온전한 한 사람으로 여기기 어렵습니다.

외모를 꾸미는 건 자기만족 아닌가요?

1968년 9월 미국 애틀랜틱 시티, '1969 미스 아메리카 대회' 행사장 밖에서 수백 명의 여성들이 치마와 속옷, 가짜 속눈썹, 『플레이보이』 잡지 등을 '자유의 쓰레기통'에 던졌습니다. 그들은 "성숙함보다 젊음, 인간성보다 상업주의에 초점을 맞춘 미스 아메리카 대회에 반대한다."라고 입장을 밝혔습니다.

이와 유사한 운동이 우리나라에서도 일어났는데요. 바로 2018년 무렵부터 온라인에서 10~20대 여성을 중심으로 펼쳐진 '탈(脫)코르셋' 운동이에요.

코르셋은 허리를 조이고 가슴을 크게 보이게 하는 속옷입니다. 이 코르셋을 착용하면 답답해서 숨을 쉬기가 힘들고, 혈액 순환에 문제가 생기기도 해요. 그럼에도 여성들은 사회에서 원하는 '매력적인' 몸으로 보이기 위해 건강에 해로운 코르셋을 착용하곤 했지요.

탈코르셋 운동은 이 코르셋처럼 사회가 여성에게 요구하는 '아름다움'을 거부하는 운동입니다. 사회의 요구에 맞추기 위해 다이어트를 하고, 머리를 기르고, 화장을 하고, 불편한 하이힐을 신거나 짧은 치마를 입는 일을 '꾸밈 노동'이라고 지칭하지요. 이러한 꾸밈 노동을 거부하는 것을 '외적 탈코르셋'이라고 합니다.

한편으로 "여자애가 드세다."라거나 "여자애가 입이 험하다." 같은 이야기를 들어 본 적이 있나요? 여성은 상냥하고, 부드럽게 말하고, 꼼꼼해야 한다는 등의 사회적인 통념이 있지요. 이렇듯 여성의 성격이나 가치관에 대한 압박에서 벗어나고자 하는 것을 '내적 탈코르셋'이라고 해요.

외모를 꾸미는 것은 내가 하고 싶어서, 내 자유 의지로 하는 일이라고 생각하는 사람도 있어요. 하지만 내가 되고 싶은 예쁜 모습이 TV에 나오는 여성 연예인의 모습과 닮아 있지는 않나요? 화장을 하지 않은 민낯의 얼굴로 돌아다니는 것이 괜히 어색하고 부끄럽게 느껴지지는 않나요? 내가 아름답다고 생각하는 모습, 꾸미고 싶은 마음이 사회의 분위기에서 영향을 받아 생겨난 것은 아닌지 찬찬히 생각해 볼 필요가 있습니다.

왜곡된 성 표현물, 잘못된 판타지

여러분은 성과 관련된 정보를 주로 어디에서 얻나요? 사춘기에 접어들면 성호르몬의 영향으로 몸과 마음에 변화가 생깁니다. 자연스레 성적인 호기심도 생기고요. 최근에는 사춘기 이전부터 성에 관심을 갖는 경우도 많아지고 있어요. 매체의 발달로 인해 성적인 영상이나 글, 이미지 등을 접하는 연령이 낮아지고 있기 때문이지요.

성에 대해 궁금한 것을 주변의 어른들에게 물어보면

어쩐지 좀 불편해한다고 느끼기도 할 거예요. 그러다 보니 친구들이나 인터넷을 통해서 '성관계'라는 것을 알게 되기도 합니다. 어려서부터 인터넷과 스마트폰을 사용한 세대라면 성관계를 묘사한, 흔히 '야동'이라고 부르는 성 표현물에 노출되는 경우도 많지요. 그러나 이러한 영상을 통해 성을 접하는 일은 바람직하지 않아요. 특히 성에 대한 지식과 경험을 쌓아 가기 시작하는 청소년기에는 더욱 그렇습니다.

저는 영화의 관람 등급을 심의하는 일을 한 적이 있습니다. 매일 서너 편의 영화를 보았는데, 그중에는 일본에서 제작한 성인용 영화가 꼭 한 편씩 포함되어 있었어요. 그렇게 일 년을 보니 성을 다루더라도 예술 영화와 외설 영화가 확실히 다르다는 것을 느꼈습니다. 단순히 성행위나 신체 노출의 수위 문제가 아니었어요. 카메라의 시선, 맥락, 메시지를 표현하고 구성하는 방식이 달랐습니다.

예술 영화는 사람 사이의 관계에 주목합니다. 두 사람이 교감하는 것을 보여 주고, 성관계가 이후 두 사람의 관계에 어떤 영향을 주는지 맥락을 드러내지요. 간혹 성폭력 장면이 묘사될 때도 있지만, 성폭력이 인권을 침해하는 범죄라는 사실을 분명히 알 수 있게 표현합니다.

그러나 성적 자극만을 목적으로 만든 외설 영화 속 성관계는 맥락 없이 등장합니다. 카메라는 두 사람의 교감하는 모습을 담는 것이 아니라 여성의 몸만 부각합니다. 분명한 성폭력인 경우에도 영상 속의 여성들은 폭력에 저항하거나 화를 내지 않고, 오히려 순응하고 즐거워하는 모습을 보입니다. 폭력을 가한 남성은 죄책감을 느끼지 않고요.

온라인상의 불법적인 성 표현물 역시 성폭력이나 여성의 몸을 선정적으로만 묘사한 경우가 많습니다. 어릴 때부터 이런 영상에 노출된다면 '야동'에서 본 것이 곧 '성'이라고 오해하게 될 수 있어요. 성관계는 시각, 청각뿐만 아니라 촉각과 감정적 교감이 함께하면서 온전한 즐거움을 느끼는 것인데, 음란물은 강한 시청각 자극에만 길들여지게 합니다. 그러다 보니 실제 성관계에서 음란물을 통해 상상했던 것만큼의 즐거움을 느끼지 못하기도 하지요. 친밀한 성적 관계와 행동에서 즐거움을 느낄 기회를 빼앗기는 것입니다.

그렇기 때문에 여러분이 접해 온 성 표현물과 거리를 두고 비판적으로 생각해 보는 일이 필요합니다. 소통하고, 동의를 구하고, 대등한 관계에서 교감하는 성을 올바르고 풍부하게 다루고 있는지 비판적으로 식별하는 힘을 길러야 합니다.

성에 대해 궁금증이 생기거나 고민이 있다면 부모님과 진지하게 이야기해 보는 것도 좋아요. 혹시 부모님이 당황하거나 대화를 피해도, 나와 대화하기 싫은 것은 아닐 거예요. 부모님들도 자신의 부모님에게 성교육을 받거나 성을 주제로 대화를 나눠 본 경험이 없기에 처음에는 좀 어색해할 수 있지요. 그래도 시간을 갖고 노력하면서 진솔하고 유익한 대화를 나누게 될 수 있습니다.

주변 어른과 의논하는 것이 어렵다면 신뢰할 수 있는 기관의 도움을 받을 수도 있습니다. 청소년 성 상담 센터, 청소년1388 등 공식 기관에서 운영하는 채널 등 인증된 관리자가 답변하는 검증된 곳을 활용할 수 있습니다.

'야동'이 아니라 '성 착취물'?

성 표현물과 관련해 또 한 가지 생각해야 하는 것은, 어떤 영상은 인권의 관점에서 심각한 문제가 있다는 것입니다. 흔히들 접하는 '야동'은 대부분 불법 음란물이거나 성 착취물일 가능성이 큽니다.

불법 음란물은 제작자와 배우가 계약하고 영상을 제작했지만 형법상 인간의 존엄성을 훼손하는 표현이라고 판단되어 제작, 유통, 판매가 금지된 성 표현물을 말합니다. 또한 찍히는 사람의 동의 없이 촬영한 '비동의 촬영물'이나, 촬영에는 동의했지만 유포하는 것을 동의하지 않은 '비동의 유포물'은 성 착취물에 해당합니다.

그리고 만 19세 미만 아동·청소년을 성적으로 묘사한 아동 성 착취물은 동의 여부와 상관없이 범죄에 해당됩니다. 성 학대물이라고 표현하기도 해요. 불법 촬영물이나 성 착취물은 인권을 침해한 범죄 행위이기 때문에, 시청하거나 소지하는 것만으로도 처벌의 대상이 됩니다.

어떤 사람들은 성을 표현하는 자유가 보장되어야 한다며 음란물을 제작하고 유통하는 것을 합법화하자고 주장합니다. 그러나 합법적이고 예술성이 인정되는 성 표현물과 불법 음란물 혹은 외설물은 분명히 구분되어야 합니다. 표현의 자유는 중요하지만, 성을 표현하는 과정에서 누군가의 인권을 침해했다면 그것은 표현의 자유로 보호받을 수 없습니다.

불법 음란물에 등장하는 여성이 영상 제작에 동의했다고 하더라도, 정말 대등한 관계에서 자유롭게 의사 결정을 했을지, 성적 자기 결정권이 침해되지는 않았는지도 생각해 봐야 합니다.

성 착취 피해는 청소년 시기에 시작된 경우가 많습니다. 청소년은 사회적 경험이나 다양한 인간관계 경험이 많지 않고, 돈을 벌 수 있는 방법도 많지 않기 때문에 주변의 유혹에 넘어가 촬영에 동의하게 되는 것이지요.

어떤 결과를 가져올지 충분히 예측하지 못한 채 내린 결정을 나중에 후회하는 경우를 많이 보았습니다. 한번 시작하면 그 생활에서 벗어나기도 어렵습니다. 성 착취 산업은 여성을 점점 더 궁박한 처지에 놓이게 유도합니다. 그리고 이를 이용하거나 협박하여 성매매, 음란물 촬영 등을 동의하도록 하고, 평범한 일상으로 복귀하기 어렵게 하죠. 불법 음란물을 촬영한 여성 중에는 성매매 여성도 많습니다. 포르노그래피의 어원 자체가 '성매매 여성의 생활을 묘사한 모든 예술 또는 문학 작품'이라는 것을 보더라도 성매매와 불법 음란물은 연관되어 있습니다.

'N번방'은 왜 생긴 거죠?

아동 성 착취물 사이트를 운영했던 한국인이 있습니다. 그가 운영한 사이트에는 32개국 약 128만 명의 회원이 가입했고, 약 22만 건의 아동 성 착취물이 거래되었습니다. 32개국이 공조 수사하여 310명을 아동 성 착취물 소지 혐의로 검거했는데, 이 중 223명이 한국인이었어요.

이때 검거된 사람들 중 미국인들은 다운로드와 시청 혐의로 70개월에서 15년형을 선고받았습니다. 영국에서 사이트를 이용하고 영상을 올린 사람에게는 징역 25년형이 선고되었습니다. 그러나 사이트 운영자였던 한국인은 한국 법원에서 고작 징역 1년 6개월형을 선고받았습니다.

얼마 지나지 않아 'N번방 사건'이라 불린, 텔레그램을 이용한 성 착취 사건이 언론을 통해 알려지면서 대한민국은 더 큰 충격에 빠졌습니다.

이렇듯 성 착취물에 대한 우리나라의 인식 수준은 매우 심각합니다. 아동 성 착취물, 동의 없이 촬영된 불법 성 착취물조차도 일종의 포르노그래피로 인식했기에 법원은 성 착취물을 유포하거나 소지한 사람에게 관대했습니다. 그래서 범죄를 저질렀음에도 검사 측에서 기소 자체를 하지 않거나 가벼운 처벌에 그치는 경우가 많았습니다.

그에 비해 피해자들의 고통은 계속되었습니다. 온라인에 유포된 성 착취물이 곳곳에서 계속 재생되었기 때문이죠. 이런 영상을 범죄라고 인식하지 못하고 가볍게 생각하는 태도는 피해자들을 더욱 고통스럽게 합니다. 길에서 누군가와 눈이 마주치면 혹시라도 나를 알아볼까 봐, 내 주위에도 영상을 본 사람이 있을까 봐 일상을 살아가는 것이 어렵습니다. 견디다 못해 성형 수술을 하고 이름을 바꾸는 경우도 있지요. 어떤 피해자들은 스스로 삶을 마감했습니다.

범죄자들이 음란물을 만드는 이유는 무엇일까요? 음란물이 막대한 수익을 가져오기 때문입니다. 불법 음란물 사이트에는 정상적인 매체에는 싣기 어려운 불법 산업의 광고가 실립니다. 불법 도박, 성매매, 불법 약물, 짝퉁 명품 광고 등이 실리죠. 돈이 되기 때문에 수단과 방법을 가리지 않고 음란물을 제작하는 것입니다.

그럼 돈이 되는 이유는 무엇일까요? 바로 수요가 있기 때문입니다. 불법으로 만들어진 음란물이 소비되고, 누군가는 그것으로 돈을 벌고, 계속 돈을 벌기 위해 새로운 음란물이 필요한 악순환이 반복됩니다. 그 과정에서 속이기 쉬운 미성년자, 혹은 청소년기를 갓 벗어난 20대 초반 여성들을 불법 음란물 제작에 끌어들이고요. 이런 현실에서, 불법 음란물을 보는 것을 과연 개인의 자유로 볼 수 있을까요?

딥페이크 성범죄, 뭐가 문제야?

'딥페이크'가 무엇인지 알고 있나요? 딥페이크는 인공지능 기술을 통해 합성으로 만든 이미지나 영상이에요. 그런데 이 딥페이크 기술을 악용해서 타인의 얼굴이나 몸 사진으로 허락 없이 성적인 이미지나 영상을 만드는 범죄가 최근 나타나고 있습니다.

명문대 졸업생들이 동문 학생들과 아동을 포함한 수십 명의 여성 사진으로 만든 딥페이크 성범죄물을 텔레그램이라는 메신저를 통해 공유한 사건이 있었습니다. 그리고 천수백 명의 사람들이 텔레그램 단톡방에서 SNS 등에 올라와 있는 지인들의 사진으로 딥페이크 성범죄물을 만들어 공유한 사건도 있었죠. 더 충격적인 사실은 그런 텔레그램 방이 한두 개가 아니며, 대학생이나 중고등학생들끼리 '겹지인 방'을 만들어 함께 아는 사람을 딥페이크 성범죄물로 만들어 공유했다는 것입니다. 이렇게 딥페이크물 생성을 주도하고 의뢰한 사람들 중 청소년이 다수이고, 피해를 입은 사람 중에는 교사, 부모까지 있는 것으로 알려졌습니다.

미국의 보안업체가 발표한 「2023 딥페이크 보고서」에 따르면 딥페이크에 등장하는 사람 중 한국인이 53%로 압도적인 1위라고 합니다. 그리고 그중 99%는 여성입니다. 2위인 미국인의 등장 비율은 20%로, 인구 규모를 생각해 보면 한국에서 얼마나 많은 딥페이크 범죄가 일어나고 있는지 알 수 있습니다.

딥페이크 범죄 행위자들은 실제로 성폭력을 가한 것도 아닌데 무엇이 문제냐고 주장하기도 합니다. 하지만 딥페이크물 생성은 심각한 성범죄입니다.

딥페이크 성범죄물 사건을 알게 된 여성들은 나도 모르는 사이 내 얼굴을 이용한 딥페이크물이 생성된 건 아닌지, 그 피해가 어느 정도인지 가늠하기 어렵기에 불안과 공포를 느낍니다. 친구라고 생각했던 누군가가 뒤에서는 내 사진으로 딥페이크물을 만들어 보고 있을 수도 있다는 불안감은 일상의 관계를 무너뜨리지요.

불안이 커지니까 SNS를 이용하지 말아야 하나 고민하는 사람도 있습니다. 하지만 SNS에 사진을 올린 것이 피해의 원인이 아님이 분명하고, 딥페이크 때문에 SNS를 이용하지 말라는 건 교통사고를 당할 수도 있으니 차를 타지 말라는 말과 같아요.

그보다는 적극적으로 딥페이크 성범죄에 반대하는 목소리를 내고, 가해자들을 신고하고, 그런 영상들을 방치하는 플랫폼 운영자들에게 항의하며, 범죄자들이 발붙이지 못하는 온라인 환경을 만드는 것이 필요합니다.

N번방이나 딥페이크 겹지인방을 이용하는 사람들은 텔레그램이라는 익명 앱을 이용하고 있기 때문에 들키지 않을 것이라 믿고 과감하게 행동했지만, '불꽃 추적단' 등 집요하게 이들을 추적하고 고발한 사람들이 있었기에 결국은 그들의 범죄 행위가 만천하에 드러날 수 있었습니다.

한 언론사 기자가 비동의 촬영물을 즐기는 사람들을 '피핑 톰'에 빗대어 칼럼을 썼습니다.

고디바 초콜릿의 상징인 고다이바 부인은 11세기 영국 코번트리 지역의 인물이에요. 그는 영주인 남편이 세금을 가혹하게 매겨 백성들의 원성을 사자, 세금을 감면해 달라고 남편에게 간청했다고 합니다. 이를 들어줄 생각이 없던 남편은 "그렇게 백성을 사랑한다면 알몸으로 마을을 한 바퀴 돌아 당신의 진심을 증명하라."라며 실행 불가능한 요구를 내걸었어요. 고민하던 고다이바 부인은 남편의 말대로 실오라기 하나 걸치지 않은 채 말을 타고 거리를 돌았습니다.

이 사연을 알게 된 주민들은 창문을 닫고 아무도 그를 보지 않았어요. 그런데 딱 한 명, 피핑 톰이라는 재단사가 문 틈으로 고다이바 부인을 엿보다가, 분노한 다른 주민의 화살을 맞고 평생 눈이 먼 채로 살게 되었다고 합니다. 여기서 유래해 '피핑 톰'은 '엿보는 남자'라는 뜻으로 쓰이게 되었어요.

피핑 톰들을 비판하는 사회, 피핑 톰들이 사회에서 결코 당당할 수 없는 사회가 된다면 비로소 피해자들이 안전하게 일상을 되찾을 수 있지 않을까요?

'몹쓸 짓'이라는 표현이 왜 문제인가요?

성희롱으로 인해 '성적 수치심을 느꼈다.'라는 표현을

들어본 적 있나요? 최근에는 이러한 표현에 대한 문제의식이 확산되어 '성적 수치심' 대신 '성적 불쾌감'이라는 표현을 사용하자는 목소리도 있지요. 수치심은 잘못된 행동을 한 가해자가 느껴야 하는 감정인데, 그걸 피해자에게 요구하는 인식이 깔려 있기 때문입니다.

뉴스나 기사를 보면 성폭력을 '몹쓸 짓'이라고 에둘러 표현하는 경우를 볼 수 있는데요. 이 또한 바람직한 표현이라고 볼 수 없어요. 왜일까요?

한국여성정책연구원에서 발표한 2022 성폭력안전실태조사에 따르면 성폭력 피해를 입었을 때 한 번이라도 경찰에 신고한 적이 있다고 응답한 비율은 2.6%에 불과했어요. 이렇게 신고율이 낮다는 건 가해자가 범죄를 저질러도 들키지 않을 확률이 높다는 것을 의미합니다. 신고를 해도 피해자에게 불리한 법적 기준 때문에 가해자가 처벌 받을 확률이 낮기도 하지요. 법이 범죄 행위를 멈추게 할 장벽으로 존재하지 않는 것입니다.

성폭력 피해자가 자신에게 성폭력이 일어났다고 당당하게 말할 수 없다면 범죄가 발생해도 실상이 드러나지 않고, 보이지 않는 곳에서 많은 일이 일어나도 모르고 지나갈 수 있습니다. 절도, 사기, 살인 등 다른 범죄들처럼 성폭력도 성폭력이라고 명확하게 표현할 수 있어야 하고, 그렇게 표현해도 피해자가 위축되지 않을 수 있는 사회가 되어야겠죠.

노출이 심한 옷 때문에 성폭력이 일어난다고?

만약 집에 도둑이 들어 귀중품을 훔쳐 갔다고 상상해 볼까요? 그런 상황이라면 다시 피해를 입지 않기 위해 문단속은 잘 되어 있는지 확인하고, 창문이나 베란다 등 도둑이 들어올 틈이 있는지 점검하며 보안을 강화할 수 있겠지요. 하지만 아무도 피해자에게 "그러게 문단속을 잘했어야지. 네 잘못도 있어."라며 도둑을 옹호하는 말을 하지는 않을 거예요. 도둑질은 피해자가 보안에 신경 쓰지 않아 생긴 일이 아니라, 도둑이 마음을 먹고 범죄를 저질러서 생긴 일이니까요. 절도죄로 처벌 받아 마땅합니다.

성폭력 또한 가해자의 잘못된 행동으로 벌어진 일이기에 피해자에게서 원인을 찾아서는 안 됩니다. 그런데 왜 유독 성폭력은 다른 시각으로 볼까요? 이는 가부장제에 기반한 '강간 문화'와 관련 있습니다.

강간 문화는 성폭력을 있을 수 있는 일로 가볍게 여기게 하는 문화입니다. 남성의 성적 행동에는 관대한 문화, 성범죄가 일어났을 때 피해 여성에게도 무언가 문제가 있었을 거라고 여기는 분위기 같은 것이지요. 우리 사회에 만연한 성매매나 포르노그래피 산업은 여성을 성적 도구나 상품처럼 거래하고 이용합니다. 그러면서 한편으론 여성은 자신의 매력을 어필하고 남성에게 선택받기 위해 노력하라고 은근히 이야기하지요.

2022 성폭력안전실태조사에 따르면 전체 응답자 약 만 명 중 52.6%의 사람들이 성폭력 피해를 입은 사람이 피해 직후 바로 경찰에 신고할 것이라고 생각하고 있었고, 39.7%는 금전적 이유나 상대에 대한 악감정 때문에 성폭력을 거짓으로 신고하는 경우가 많다고 생각하고 있었습니다. 46.1%는 노출이 심한 옷차림 때문에 성폭력이 발생한다고 응답했고, 31.9%는 키스나 애무를 허용하는 것은 성관계까지 허락한 것이라고 응답했어요.

이런 통념들이 남성에게 동의 없이 성 접촉을 시도해도 된다고 생각하게 하고, 정당성을 부여합니다. 동시에 여성을 무기력하게 만들고, 피해를 당해도 피해로 인식하지 못하거나 혹은 자신을 탓하며 피해 사실을 말하지 못하게 만듭니다.

　　성폭력은 강간, 강제 추행과 같은 것도 있지만 일상에서 발생하는 크고 작은 형태의 폭력으로도 존재합니다. 이러한 작은 폭력도 민감하게 여기고 없애려고 하는 노력이 필요합니다.

성폭력에 관한 몇 가지 오해

1. 가해자는 낯선 사람이다?

한국성폭력상담소에서 2023년에 공개한 통계 자료에 따르면 아는 사람에 의한 성폭력 피해가 84.3%로 매우 큰 비중을 차지했습니다. 성범죄는 충동적으로 성욕을 조절하지 못해 발생하는 범죄가 아닙니다. 타인을 동등한 인격체로 여기지 않고, 자신이 원하는 목적을 이루기 위해 이용할 수 있는 도구로 여기기 때문에 발생하지요.

성폭력 가해자들은 계획적으로 자신의 목적 달성에 이용할 수 있는 대상을 탐색합니다. 그들이 탐색하는 장소는 일터일 수도, 동네일 수도, 온라인일 수도, 유흥가일 수도, 심지어는 학교나 가정일 수도 있어요.

그들은 다른 사람들이 볼 때 매우 선량한 모습을 하고 있을 수도 있습니다. 어쩌면 호감을 주며, 인기도 많고, 좋은 일을 많이 하는 사람처럼 보일 수도 있어요. 그래서 피해 사실을 주위에 밝혔을 때, '그 사람이 그럴 리가 없다.'라거나 '좋은 사람이었는데 실수였을 거야.'라며 피해자에게 2차 가해를 저지르는 경우도 있습니다.

2. 왜 저항하지 않았느냐고?

예기치 못한 상황에 맞닥뜨리면 생각과 몸이 정지되는 상태를 경험하게 됩니다. 컴퓨터를 작동하는데 과부하가 걸려서 버퍼링이 일어나는 것과 비슷하다고 할까요? 이를 '긴장성 부동 상태'라고 해요.

긴장성 부동 상태의 원인은 다양합니다. 상대가 너무 위협적이거나 무서워서, 아니면 평소 친하고 신뢰했던 사람이 예기치 못한 행동을 하는 게 당혹스러워서 움직이지 못할 수도 있죠. 의심스러운 상황임에도 상대는 그런 의도가 아닌데 내가 괜히 오버해서 관계가 어색해질까 봐 아무런 표현을 못 하게 될 수도 있습니다. 머릿속으로 '어… 어… 뭐지?' 이러다 대응할 시기를 놓치는 거죠. 이렇게 마비된 상태를 경험하는 것은 성폭력 피해자들에게 트라우마를 남깁니다. 움직일 수 없는 상태였음에도, 자신이 가만히 있었다는 생각에 자책하게 되기 때문이에요.

성폭력 상황이 발생하면 많은 사람이 제대로 의사 표현을 하지 못해요. 가까운 사이라서, 매일 봐야 하는 사이라서 표현하기 어려울 수도 있습니다. 권력관계에서 나보다 우위에 있는 교사, 친인척 등이라면 더 어렵습니다. 이는 연인 관계일 때도 마찬가지입니다. 내가 더 좋아하는 것 같고, 관계가 깨질까 봐 불안한 상황이면 거절 의사를 표현하는 것이 더 힘들 수 있죠.

그래서 성폭력 사건을 대할 때는 질문이 바뀌어야 합니다. 피해자에게 "왜 거절하지 못했어?", "왜 둘이 따로 만났어?", "왜 그렇게 웃어 줬어?", "옷은 왜 그렇게 입었어?"라고 물을 것이 아니라, 행위자에게 질문해야 합니다.

"상대방에게 동의를 구했어?", "동의했다고 생각한 이유가 뭐야?", "왜 동의 없이 상대방 몸에 손댔어?", "따로 만나자고 한 이유가 뭐야?" 등 도대체 무슨 생각으로, 어떤 의도로

그런 행동을 했는지는 행동을 했던 사람에게 물어봐야 하는
거죠.

3. 왜 바로 신고하지 않았나?

많은 피해자가 사건 발생 즉시 다른 사람에게 털어놓거나
신고하지 못합니다. 아는 사람 사이에서 일어난 일일 경우,
가해자가 평판이 좋은 사람인 경우 더 말하기 어렵습니다.
피해를 입었을 때 피해가 있었다고 쉽게 말할 수 있는 사람
은 생각보다 많지 않아요. 겪어 보지 않으면 "그게 뭐 어렵
다고?"라고 생각할 수 있지만, 그런 일이 실제로 닥치면 예
상했던 것보다 고민하고 풀어야 할 것이 많거든요.

'내가 왜 제대로 거절하지 못했을까?', '그 사람이 나에게 왜
그런 행동을 했을까?', '내가 빌미를 준 건가?', '피해를 당했
다고 말하면 사람들은 어떤 반응을 보일까?', '설마 또 내게
같은 짓을 하진 않겠지?' 등의 생각을 하며 힘들어하기도
하지요.

또 '부모님이 알면 어떤 반응을 보이실까?' '나한테 실망하

실지도 몰라.' '내가 부모님을 속상하게 하는 건 아닐까?' 처럼 주변 사람들도 고려하면서 계속 고민하는 경우가 많습니다. 심지어는 '내가 신고해서 가해자가 힘들어지면 어떻게 하지?'라는 생각으로 망설이는 피해자도 있어요.

자신에게 일어난 일이 무엇이었는지 해석하고 정리하는 데에는 시간이 걸리고, 주변에 도움을 청하는 데에는 용기가 필요합니다. 그래서 망설이다가 그냥 없던 일로 묻을까 생각하기도 하지요. 하지만 가해자가 사과도 반성도 없이 잘사는 모습을 견디기 어려울 수도 있고, 시간이 지나면서 주변에 말할 힘과 용기가 생길 수도 있습니다. 제삼자의 입장에서는 모르지만 피해자의 내면에서는 소용돌이가 일고 있었던 것이지요.

그러니 만약 주변 사람 중 누군가 피해 사실을 이야기한다면 "많이 힘들었겠다. 지금이라도 용기 내서 이야기할 수 있어서 다행이야. 내가 도울 수 있는 게 있다면 도와줄게." 라고 지지하면 어떨까요?

만약 피해를 입었는데도 말하는 것을 망설이고 있다면, 당장 신고하지는 않더라도 기록을 남겨 두는 게 좋습니다. 일기를 쓰듯 육하원칙에 따라 기록을 해 두면 나중에 증거로 활용할 수도 있고, 기억이 왜곡되는 것을 방지할 수도 있습니다. 믿을 만한 사람에게 이야기를 하는 것도 성폭력 피해를 입증하는 데에 도움이 될 수 있습니다. 성폭력 사건은 증인이나 증거가 없어서 피해자의 진술이 유일한 증거인 경우가 많거든요. 진술이 일관되고, 구체적이고, 피해자만이 알 수 있는 정보를 알고 있는 등 신빙성을 확보하는 것이 중요합니다.

평생 피해 사실을 말하지 못하고 묻어 둘 수도 있습니다. 그렇다 하더라도 자책하지 말고, 자신에게 일어난 일을 차근차근 정리해 두면 도움이 됩니다. 분명한 건 상대방의 잘못으로 일어난 일이라는 사실입니다.

4. 피해자는 여자다?

성폭력은 권력관계에서 발생합니다. 물리적인 힘, 나이, 경제력, 사회적 지위 등에서 우위를 지닌 사람이 가해자가 되는 경우가 많지요. 여성이 성범죄의 피해자가 되는 경우가 많기는 하지만, 남성이 피해자가 되는 경우도 물론 있습니다. 여성이 가해자이고 남성이 피해자인 경우 이 사실을 사회에서 받아들이지 않는 상황도 발생하지요. 남자가 힘이 더 셀 텐데 왜 거절하지 못했냐, 남자니까 스킨십을 당연히 좋아할 것이다 등의 왜곡된 통념이 작동하기 때문입니다.

5. 성폭력은 무고가 많다?

어떤 이들은 성폭력은 무고가 많다고 주장합니다. 돈이나 괴롭힘을 목적으로 없는 사실을 만들거나, 합의 하에 성관계를 해 놓고 성폭력으로 주장한다고 생각하는 것이지요. 그러나 실제로 무고죄가 인정되는 사례는 많지 않습니다. 한국여성정책연구원과 대검찰청에서 2018년 함께 주최한 포럼에서 성폭력과 무고죄에 대한 내용을 다루었는데요. 2017년~2018년 성폭력 관련 사건 중 무고죄로 기소된 경우는 0.78%에 불과했다고 합니다. 그리고 성폭력 무고

고소 사건 중 실제로 유죄로 선고된 경우는 6.4% 정도였고요.

성폭력은 당사자의 진술이 주요 증거이고 목격자가 없는 경우가 많아 입증이 어려운 범죄입니다. 그리고 2024년 현재 우리나라의 법은 성관계에 '동의했는지'가 아니라 '가해자의 폭행이나 협박 또는 피해자의 저항이 있었는지'를 성폭력의 기준으로 삼기 때문에, 원치 않는 성관계였어도 '범죄 행위'로 판단하지 않는 경우가 많고요. 그렇기 때문에 성폭력이 '혐의 없음'이나 '무죄'로 판결 나더라도 신고자를 모두 허위 사실을 신고한 무고죄로 판단하지는 않는 것이지요.

물론 있지도 않은 일이 일어났다고 상대방을 거짓으로 신고하는 경우가 전혀 없는 것은 아닙니다. 이런 경우 수사 과정이나 재판 과정에서 사실이 드러날 가능성이 커요. 수사관들은 전문성을 지니고 있고, 무죄 추정의 원칙도 있기 때문에 누군가 성폭력 피해가 있다고 진술하는 것만으로 성폭력으로 처벌하지는 않습니다.

6. 피해자에게도 이유가 있다?

성폭력이 발생한 원인을 피해자에게서 찾으려는 사람들이 있습니다. 오랜 시간 동안 잘못된 통념이 지배하는 사회에서 살았기 때문에 그런 생각을 하는 거죠. 어떤 경우에는 피해자가 스스로를 탓하기도 합니다. 자신에게 일어난 상황을 복기하면서 '그때 내가 다른 선택을 했다면 이런 일이 발생하지 않았을 텐데.'라고 자책하는 것이죠.

그러나 성폭력이 발생한 이유는 명백하게 가해자가 성폭력 행위를 했기 때문입니다. 명확한 동의 없이 성적인 행동을 한 것이 잘못입니다.

몸이 피곤해서 숙박업소에서 잠시 쉬자는 제안에 따른 것은 성관계에 동의한 것이 아닙니다. 단둘이 술 마신 것이 성관계에 동의한 것이 아닙니다. 데이트를 했다고 성관계에 동의한 것이 아닙니다. 성관계 경험이 있다고 해서 성관계에 동의한 것이 아닙니다. 어제 성관계를 했어도 오늘은 다시 동의를 구해야 합니다.

성관계에 동의를 했다가도 마음이 바뀌어 동의를 철회할

수 있습니다. 몸 상태가 좋지 않거나, 상대방의 말에 불쾌해지거나, 두려움을 느껴서, 숙소 상태가 불결해서 등 여러 이유로 마음이 바뀔 수 있어요. 그런 상황은 얼마든지 발생할 수 있고, 의사를 바꾼다고 해서 잘못하는 게 아닙니다. 어느 한쪽이 동의를 철회하면 받아들이고 멈춰야 합니다. 멈추지 않으면 폭력입니다.

7. 성범죄 피해는 '씻을 수 없는 상처'다?

성폭력에 대해 누군가는 '영혼에 대한 살인, 씻을 수 없는 상처.'라고 표현하기도 합니다. 이런 표현은 성폭력의 심각성을 드러내기 위한 것이지만, 피해자를 무력하게 만들기도 합니다.

다쳤을 때 응급 처치를 잘하고 잘 치료하면 흉터나 후유증을 최소화할 수 있는 것처럼, 성폭력 피해도 마찬가지입니다. 성폭력이 일어나지 않은 과거로 돌아갈 수는 없겠지만 얼마든지 다시 일상을 살아갈 힘을 가질 수 있어요. 그리고 시간이 지나 새로 좋은 관계를 경험하면서 상처가 희미해질 수 있지요. 문득 성폭력 경험이 떠올라 힘든 순간이 오더라도, 그것이 삶에 심각한 영향을 주지는 못하는 정도가 될 수 있어요.

성폭력 피해는 사고와 같은 것이라고 생각해 보아요. 내가 아무리 신호를 잘 지킨다고 해도 음주 운전, 졸음운전, 신호등 고장, 차 고장 등으로 인한 교통사고를 피할 수 없는 것과 마찬가지입니다. 중요한 것은 이후의 회복과 치유이지요. 주변 사람들이 회복의 과정에 함께한다는 믿음을 가질 때 피해자의 회복 가능성이 커집니다. 아픔과 힘듦을 공감해 주고, 네가 잘못해서 생긴 일이 아니라고 말해 주며, 얼마든지 다시 괜찮아질 수 있다고 이야기해 주어야 합니다.

주변에 말하기
어려운 고민들

SNS에서 사람을 만나도 괜찮을까요?

SNS가 활성화되면서 이를 활용한 범죄가 증가하고 있습니다. 이들은 청소년들의 호기심, 외로움, 부족한 경험, 순진함, 낮은 자존감, 용돈이나 물건 등을 갖고 싶은 욕구, 팬심, 타인의 어려움을 안타깝게 여기는 착한 마음, 칭찬받고 싶은 마음 등을 이용하여 접근합니다.

익명성을 이용해 상대방이 선호하는 사람으로 신분을 위장하기도 합니다. 온라인을 통해 알게 된 사람이 나를 이용하기 위해 접근한 것인지는 어떻게 식별할 수 있을까요?

나의 개인 정보나 사진을 원하거나, 일대일 메신저로 교류하기를 원한다면 일단 의심해 보아야 합니다. 기프티콘을 선물하거나, 내가 좋아하는 아이돌 그룹의 공연을 보여 준다고 하는 등 이유 없는 호의도 의심해 보는 게 좋아요. 그냥 거절하면 되지만 만약 상대방의 제안에 응하고 싶을 경우, 부모님에게 물어보고 괜찮다면 응하겠다고, 허락받기 위해 상대방의 정보를 알려 달라고 해 보세요. 만약 나쁜 의도가 없는 사람이라면 "당연히 그래야지."라는 반응이 나올 것입니다. 굳이 그럴 필요 없고 양육자 몰래 보자고 하거나, 제안을 없던 일로 하겠다는 사람이라면 위험할 사람일 가능성이 큽니다.

실제로 부모님께 말하지 않더라도 이렇게 반응하는 것만으로 어느 정도 위험을 예방할 수 있어요. 그렇지만 가능하면 부모님께 말하기를 권합니다. 부모님께 말하기 어려우면 선생님이나 전문 기관에 도움을 요청해도 좋습니다. 특히 위험한 상황이 발생했다면 반드시 이야기하세요. 간혹 범죄자들은 온라인에서 둘 사이에 있던 일을 부모님과 주변에 알리겠다고 협박을 하기도 하는데, 두려워서 알리지 않으면 더 나쁜 상황으로 갈 수 있습니다.

나이가 많은 사람과 사귀면 안 되나요?

또래 청소년이 아닌 어른에게 끌리고 좋아하는 마음을 느낄 수 있습니다. 내 고민을 들어주고, 유치해 보이는 또래와는 달리 성숙하고 여유 있는 모습이 좋아 보일 수 있어요. 그래서 어른과 특별한 관계가 되고 싶은 소망을 갖는 청소년이 잘못되었다고 하긴 어렵습니다.

하지만 좀 더 세상을 많이 살고 경험한 어른의 태도는 달라야 합니다. 청소년기에 느끼는 설렘, 사랑이라는 감정이 어떤 것인지 알고 있고, 앞으로 많은 사람들을 만나고 사귀고 헤어질 수 있다는 것, 그리고 성인과 청소년의 성적인 접촉이 청소년의 삶에 부정적인 영향을 미칠 가능성이 크다는 것 등을 잘 알고 있기 때문입니다. 그리고 어른들은 청소년이 잘 성장하도록 보호하고 도와야 할 의무가 있습니다. 만약 청소년이 성적인 제안을 한다면 상식이 있는 어른은 당연히 거절해야 합니다.

그런데 간혹 어른이라는 점을 이용해서 청소년에게 접근하는 사람들이 있습니다. 청소년을 대상으로 범죄 행위를 하거나, 청소년을 범죄 행위에 가담시키기 위해 선량한 얼굴을 하고 다가와 청소년에게 필요한 것이 무엇인지 알아내고, 취약점을 파고듭니다.

성적 착취를 수월하게 하기 위해서 취약한 대상에게 다양한 통제와 세뇌를 가하는 것을 '그루밍'이라고 합니다. 그루밍 범죄는 한 사람의 삶에 장기적이고 치명적인 해를 끼칠 수 있습니다. 그루밍은 교묘하고 비밀스럽게, 또한 점진적으로 일어나기 때문에 피해자들은 스스로 학대당한다는 것을 인지하지 못하는 경우가 많고, 심지어는 가해자를 좋아하고 신뢰하기도 합니다. 뒤늦게서야 그루밍이란 것을 깨닫고 혼란스러워하거나, 가해자에게 의존하며 벗어나지 못하는 경우도 있습니다.

어떤 사람이 나를 걱정하고 도움을 주고 싶은 좋은 사람인지, 나를 이용하려고 접근하는 사람인지 헷갈릴 수 있어요. 두 경우 모두 관심을 표현하고, 이야기를 들어주고, 좋은 경험을 함께 하자고 제안하는 행동들은 비슷하게 보이니까요. 이런 상황에서 혼란을 방지할 수 있는 방법도 부모님에게 말하겠다고 하는 것입니다. 만약 좋은 어른이라면 이 모든 것을 할 때 반드시 나의 보호자에게 물어보고 허락을 받을 거예요. 혹여 부모님이 폭력적이고 통제적이라면, 나와 관련된 다른 어른에게라도 상의하는 것이 어른의 태도여야 합니다.

만약 상대방이 이를 거부하면 그 사람은 좋은 의도를 가지고 내게 다가온 사람이 아닐 확률이 높습니다. 이런 사람들과의 관계는 중단하는 것이 안전합니다. 부모님께 허락받는 것에 동의했다고 하더라도 100% 신뢰할 수는 없습니다. 실제로 보호자에게 말하지 않을 걸 알고 신뢰를 얻기 위해서 동의했을 수도 있으니까요.

그루밍의 위험성을 알리는 교육용 영상을 제작하기 위해, 청소년들이 정말 그루밍에 잘 속는지 실험을 해본 적이 있어요. 제가 강아지와 산책을 즐기는 여자 청소년인 척 가상의 소셜 미디어 계정을 만들었는데요. 채팅을 주고받았던 네 명의 청소년 모두 또래 친구와 채팅하고 있다고 속았습니다. 실제로는 50대 여성과 채팅을 하고 있었는데도요. 만나자는 제안에 쉽게 응하는 청소년도 있었습니다. 그러니 범죄자들도 마음만 먹으면 얼마든지 청소년들을 속일 수 있을 것입니다.

어른들에게 도움을 청하기 무서워요

만약 여러분에게 무슨 일이 생겼다면 신뢰할 수 있는 가까운 어른들에게 말하고 도움을 청하는 것이 가장 좋습니다. 부모님, 보호자, 선생님, 친척, 지역 사회 어른 등 믿고 이야기할 수 있는 사람에게요. 그런데 때로는 주변 사람에게 이야기하는 것이 부담될 수 있습니다. 반응이 두렵고, 소문이 날까 봐, 나의 평판이 어떻게 될지 몰라 선뜻 말하기 어려울 수 있지요.

그럴 때는 전문 기관에 도움을 요청하세요. 문제가 생겼을 때 가능한 한 빨리 연락하는 것이 좋습니다. 가까운 성폭력상담소나 해바라기센터에 직접 도움을 요청할 수도 있고, 1366 혹은 1388로 연락하면 24시간 상담이 가능합니다. 긴급한 상황이면 바로 개입할 수도 있으니 기억하세요. 112로 바로 신고하셔도 됩니다.

지원 기관은 경찰 신고부터 수사 동행, 재판 모니터링, 변호사 지원, 심리 치료나 의료 지원 등 다양한 도움을 줍니다. 경우에 따라 긴급 피난처, 자립 지원 프로그램으로 연계할 수도 있지요.

안녕, 섹슈얼리티

디지털 기술과 인터넷은 우리 삶에 많은 변화를 가져 왔습니다. 시간과 공간의 제약을 넘어 다양한 사람들과 소통할 수 있는 세상이 되었지요. SNS를 보면 다른 사람들의 일상은 나보다 행복해 보이기도 합니다. 우리는 과거보다 훨씬 많은 사람들과 교류하며 사는데, 어쩐지 외로움은 더 커진 것 같기도 하고요. 4차 산업 혁명이 일어나고 인공지능의 시대가 온다는데, 이 기술은 우리 삶에 또 어떤 변화를 가져올까요?

사회가 빠르게 바뀌고 있지만, 누군가와 교류하고, 유대감을 쌓고, 편안함과 안락함을 느끼는, '관계'에 대한 사람의 욕구는 사라지지 않을 것입니다. 다만 관계를 형성하는 방식은 달라질 수도 있겠지요.

우리가 인사로 주고받는 '안녕'이라는 단어는 '아무 탈 없이 편안하다.'라는 의미예요. 내가 원하는 것이 무엇인지 잘 알고, 그것을 명확히 표현하고, 서로의 권리와 경계를 존중한다면 우리의 성은 안녕할 것입니다. 상대와 충분히 소통하고 배려하며 성적인 친밀함을 쌓아 간다면 성은 행복한 삶을 살아가는 데에 좋은 영향을 줄 수 있습니다.

성별에 상관없이 원하는 사람과 자유롭게 성적인 관계를 형성할 수 있고, 함께 살 수 있고, 결혼을 할지, 자녀를 낳아 키울지 선택할 수 있는 사회가 되어 가고 있습니다. 점점 고령화 사회가 되어 가고, 일인 가구가 늘고, 예전처럼 형제나 자매가 많지 않은 상황에서 '가족'의 개념도 확장되어 가고 있어요. 혈연관계나 법적 관계가 아니더라도 서로를 돌보고, 함께 밥을 먹고, 아플 때는 병원에 데려가며 일상을 함께할 수 있는 것이지요. 이러한 관계를 '생활 동반자'라고 해요.

어떤 선택이 좋은지는 예단할 수 없습니다. 어떤 모습으로 살든, 주위의 가까운 사람과 힘든 일은 함께 협력하여 풀어 나가고 좋은 일에는 함께 기쁨을 느끼며 성장해 가는 삶을 살아가면 좋겠습니다.

참고문헌

토머스 캐시 『바디이미지 수업』, 박미라 외 옮김, 사우 2019.

웬다 트레바탄 『여성의 진화』, 박한선 옮김, 에이도스 2017.

데이비드 월시 『10대들의 사생활』, 곽윤정 옮김, 시공사 2011.

송민령 『송민령의 뇌과학 이야기』, 동아시아 2019.

「이 시대의 피핑 톰(Peeping Tom)들에게」, 『대한민국 정책브리핑』
　2018.6.19.

여성가족부 「2022년 성폭력 안전실태조사 연구」, 2022.12.

발견의 첫걸음 10

손 잡아도 될까?

초판 1쇄 발행 • 2024년 11월 22일

지은이 • 이현숙
펴낸이 • 염종선
책임편집 • 안신희
조판 • 박아경
펴낸곳 • (주)창비
등록 • 1986년 8월 5일 제85호
주소 • 10881 경기도 파주시 회동길 184
전화 • 031-955-3333
팩스 • 영업 031-955-3399 편집 031-955-3400
홈페이지 • www.changbi.com
전자우편 • ya@changbi.com

ⓒ 이현숙 2024
ISBN 978-89-364-5330-5 43300